La sonrisa vertical

Colección de Erótica dirigida por Luis G. Berlanga

E. T. A. Hoffmann

Sor Monika

Documento filantropínico-filantrópico-físico-psico-erótico del Convento Secular de X. en S...

Prólogo de André Pieyre de Mandiargues

TUSQUETS EDITORES

Título original: *Schwester Monika. Eine erotisch-psychisch-philantropisch-philantropinische Urkunde des säkularisierten Klosters X. in S...*

1.ª edición: enero 1986
2.ª edición: febrero 1987

Traducción de Jordi Jané
Diseño de la colección Clotet-Tusquets
Diseño de la cubierta: M.B.M.

ISBN: 84-7223-349-9
Depósito legal: B. 4.085-1987
Sirven Gràfic - Caspe, 113 - 08013 Barcelona
Impreso en España

Indice

Prólogo

Un Eros misterioso

¡Que los soberbios moscovitas, si pueden nos perdonen: jamás para nosotros el nombre trivial de Kaliningrado tendrá el más mínimo sentido mientras que, por el contrario, jamás abandonará nuestra memoria el de Könisberg, capital de la Prusia oriental, ciudad donde nació y vivió Emmanuel Kant, ciudad célebre ante todo por haber sido la cuna de uno de los hombres en los cuales pienso con mayor curiosidad, admiración y amor, el maravilloso Ernst Theodor Amadeus Hoffmann... Amadeus, sí, porque, como todos, o casi, saben, Hoffmann... sustituyó el de Wilhelm por ese tercer nombre para proclamar muy a las claras su apego a Mozart. No en vano he hablado de curiosidad, ya que Hoffmann, al igual que Poe, Baudelaire, Nerval, Mallarmé o André Breton, a pesar de todas las investigaciones que se hicieron y que se harán, seguirá siempre envuelto en cierto misterio, que no es por otra parte el menor de sus encantos. El que podamos escribir hoy con certeza casi absoluta que él es el autor de esta cautivadora novela erótica, Sor Monika, *es algo que, sin despejar sino un poco el misterio, aumentará notablemente el encanto.*

Antaño, hojeando el Princesa Brambilla, *hermoso relato cuyo exceso me impide disfrutarlo tanto como otros en la obra de Hoffmann, me detuve en una frase: «Con el fin de apaciguarse, la vieja fue a preparar un buen plato de macarrones», y eso me recordó algo que había leído antes y que encontré sin demasiado esfuerzo, un pasaje de la traducción de* Sor Monika, *extrañamente parecido: «Así pues, Louise lo había visto todo y a Christine sólo se le ocurrió darle macarrones algunas veces y rogarle encarecidamente que por nada del mundo se lo contara a su madre». Louise, la madre de Monika, en ese momento del relato no es sino una niña; lo que ha visto es el espectáculo de su criada, Christine, arrojada encima de la cama por cierto Adolpho que deslizaba entre sus muslos «una cosa larga y tiesa cuyo nombre ella desconocía». Bien; pero me parece que hay que prestar atención a los macarrones, como lo habrán hecho sin duda los serísimos críticos y filólogos alemanes que emprendieron la tarea de demostrar la indiscutible verdad de la atribución de* Sor Monika *a Hoffmann. Tarea que han llevado a cabo con éxito, según los especialistas, por lo que me parece probable que en la obra del narrador hayan encontrado otras veces los macarrones en el rol de un guiso tan pesado y tan poderoso que produce serenidad y olvido. No haré mío pues el argumento del guiso de largos fideos, por excelente que sea, pero podemos entretenernos comprobando la fascinación que ejerce sobre Hoffmann esa pasta, legendario alimento que pertenece a esa Italia a la que tanto amó sin jamás haberla visto. Permítanme añadir que este alimento no puede comerse sino a partir de Roma hacia el sur, que es delicioso en Nápoles y aún más en Sicilia, donde se hace con berenjenas, con anchoas, o con sardinas: esos* maccheroni con le sarde *que ya no puede uno olvidar cuando se ha tenido la suerte de hincarles el diente... Pero aquí se trata de erotismo y no de gastronomía, me equivocaría si no lo señalara enseguida y si no señalara también esa noción capital en materia de literatura, la originalidad, ya que* Sor Monika *se distingue de toda la obra de Hoffmann tan absolutamente como se relaciona con ella; es igualmente singular en lo que se refiere a todas las novelas y todos los cuentos de carácter erótico de los siglos XVIII y XIX, en Alemania, Francia y otros países.*

Seamos serios, me gustaría escribir, antes de empezar una pequeña novela licenciosa que encuentro francamente adorable y que desentona, con incomparables desenfado y alegría, en la amplia biblioteca erótica que, según la inclinación del espíritu contemporáneo, tiende a convertirse siempre más en objeto de estudios y tesis universitarias. Seamos serios y reconozcamos que los principales motivos que indujeron la redacción de los libros de semejante biblioteca son ante todo la voluntad de producir en el propio autor, o en sus lectores y lectoras, una excitación capaz de conducir hasta el deseo sexual y su satisfacción, y también, lo cual me resulta más simpático, una necesidad de chocar, una tendencia a la provocación, incluso furiosa, cuyo objetivo, confesado o no, cercano o lejano, sería un trastorno de la moral al uso y una liberación con respecto a sus leyes. No daré sino un ejemplo de semejante doble motivación, deslumbrante por otra parte: se trata de la segunda parte de Las Once mil vergas, *en la que Guillaume Apollinaire recurre al marco de la guerra ruso-japonesa de 1905 para entregarse a un de-*

sencadenamiento de escritura sádica que avant la lettre *es una obra maestra del surrealismo. Pero, con* Sor Monika, *se trata de otra cosa, de algo totalmente único, para la época y para el lugar, para cualquier otro lugar y para hoy.*

Ya a partir del segundo párrafo de la primera página, sor Monika, al contarles o inventarles a sus amigas las monjitas recuerdos que se desarrollarán de la manera más espesa, en un clima de incoherencia voluntaria que es el del ensueño a la vez en un plano fantástico y erótico, pone de entrada en juego a su madre gracias a la fórmula «aquellos cálidos sentimientos de la existencia que no siempre comienza por el corazón palpita *pero que acostumbra a terminar con el* ¡arriba las manos!». *El subrayado del original está en francés en el texto, como lo será, con la misma frecuencia, en latín, en italiano o en holandés, y diríamos más bien: «¡Arriba las manos, o los brazos!»... Poco importa, ya que se trata tan sólo de prestarse amablemente al desnudamiento y a lo que le sigue, y ya que el libro queda definido por esto hasta el despertar que le pone punto final. Encantadora «galantería» prusiana, que me recuerda los bosquecillos de Potsdam y las hermosas ninfas de mármol que los habitaban en 1932. Me tomo la libertad de señalar que, en 1815, en la realidad de la prenda o en el sueño plenamente libertino de Hoffmann, la braga no existía, ni tampoco el fastidioso slip de la novela moderna, y que la palabra «levantar» nunca se empleó con más fuerza puesto que bastaba con levantar un vestido, una falda, una blusa para obtener una disponibilidad incondicional a los deseos tanto del falso vencedor como de la falsa vencedora. Al-*

gunas sesiones de látigo, alguna circuncisión, que intervienen aquí y allá, son suplicios teatrales y, si hacen brotar algunas gotitas de sangre, es para mayor diversión de la víctima, igual o mayor que la del verdugo. Hoffmann, de quien ciertos cuentos negros no están exentos de crueldad, al parecer ha prescindido voluntariamente de este poderoso instrumento que parece casi indispensable a la literatura erótica, pero que, en las páginas de Sor Monika, *permanece en la sombra en provecho de la fantasía de la imaginación y de un desbordamiento de sensualidad. En la línea de esta misma sensualidad, el autor de los* Elixires del Diablo *(casi contemporáneo) encuentra, o vuelve a encontrar, una inocencia y una bondad que nos maravillan, demostrándonos hasta qué punto el erotismo, que tiene todo el derecho de presentarse bajo la máscara más demoníaca, puede también asumir la figura del ángel o del niño. En la época en que parece haber escrito* Sor Monika, *Hoffmann era presa de la mayor pasión de su corta vida: un amor desafortunado por una de sus más jóvenes alumnas, Julia Marc, que tenía catorce años y que estaba ya comprometida... ¿Acaso no hay motivo suficiente para acercarlo al más puro espíritu de todo el Romanticismo alemán? ¿A Novalis? Si así es, como creo que lo es, ¿no se ve así incrementado el misterio que parece envolverle? ¿Y no resulta por ello más atractivo?*

Escrita como «a la diabla» por un hombre que es sin duda alguna un gran escritor y en el que ya no dudo en reconocer a E. T. A. Hoffmann, Sor Monika *se presenta extrañamente ante nosotros como el menos «intelectual» de entre los relatos eróticos que hasta ahora hemos tenido el placer de leer. Los bellos personajes, jovencitas sobre todo, quienes, cual doradas hojas otoñales, voltean y se esparcen, nunca son los servidores, los recitadores o las encarnaciones de una idea cedida por un mecanismo de tipo sexual al cerebro del autor. No obstante la escritura va acompañada de una erudición que se manifiesta con tal profusión que se la podría tachar de cierta pedantería, pero que se vuelve tan agradable por las circunstancias que seríamos tontos de lamentarlo. ¡Cuánta filosofía, cuánta teología, cuánta historia o cuánta mitología cada vez que se tercia o que una mata de pelo o una grupa se ofrece o cede al dedo o al marcial artefacto con que la naturaleza ha dotado al hombre! Y para ese artefacto, para todos los puntos suaves del cuerpo femenino, ¡cuántas metáforas extraídas de todas las artes (música incluida, naturalmente), así como de las ciencias naturales y de la propia naturaleza! A diferencia de algunas de esas magníficas novelas eróticas de los siglos XVIII, XIX y del nuestro, en las que encuentro un carácter platónico porque son ideas las que bajo máscaras humanas dominan o se someten, se lamen, se azotan, se corren, se montan, se chupan, se sodomizan y con frecuencia se estrangulan,* Sor Monika, *más que esforzarse furiosamente por actuar sobre el aparato sexual a la manera de la mosca napolitana... halaga inocentemente nuestros sentidos y nuestra sed de belleza. Por la vivacidad, por la falta de toda organización lógica, con las que al parecer discurre desde la primera página hasta la última, la compararía, más que a una novela, a una ópera que se lee tal como se oiría, una ópera italiana por supuesto, una sabrosa ópera bufa interpretada para el placer de algunos privilegiados en una pequeña sala preciosa y cerrada. En cuanto a la decoración que sugiere* Sor Monika, *yo pensaría menos en el gran barroco romano que en su resultado final en Alemania antes de las invasiones napoleónicas: ese estilo llamado rococó que es como un exceso de buen gusto y cuya única finalidad es el bienestar. ¡Entreguémonos pues a esos instantes feéricos en los que sin ceremonia alguna se entregan a unos como autómatas masculinos incontables jóvenes ninfas que tienen en común la calidad venusiana de las formas del cuerpo y la suavidad de la piel! No es la menor singularidad del libro, ni para el lector que soy yo la menos placentera, esa reducción del héroe viril a un papel de instrumento musical con el que juegan, como ante nuestra mirada, tantas bellezas que no percibiremos y no atraparemos plenamente sino tomándolas por lo que son: comparsas de ópera disfrazadas de nobles damas y doncellas con el único fin de ser rápidamente desvestidas. Así es cómo para mí el nombre de Hoffmann vuelve para imponerse como sobre un libreto apergaminado el sello de una biblioteca principesca.*

El humor de Hoffmann es incomparable; al igual que su tono, en el que, a través de la escritura, la voz se mezcla a la risa. ¿Acaso me he dejado arrastrar por el objeto de mi examen, un relato erótico, al pretender que ese tono se registra en él con el mismo matiz que en otras partes, más alegremente quizá? No lo creo. Volviendo sobre algunas novelas cortas más fantásticas y menos conocidas que otras, Los errores, *por ejemplo, o* Los efectos de una cola de cerdo, *encuentro en ellas una estrafalaria co-*

micidad, un acercamiento al libertinaje y una abolición de las relaciones lógicas en la narración, emparentados con la hermosa Pandora *de Nerval y con los múltiples episodios de* Sor Monika. *Se nos ha dicho que esos cuentos, y otros que no se han conservado, habían sido concebidos por Hoffmann, e incluso improvisados, entre una botella de borgoña y otra para mayor diversión del autor y de una mesa de amigos fieles. De ser auténticos estos recuerdos, de los que no tenemos motivo alguno para desconfiar, entonces es grande la tentación de considerar* Sor Monika *como una casi improvisación de esta índole que Hoffmann hubiera redactado poco después para entregarla a un librero que habría hecho la edición clandestina de 1815, de la cual han sobrevivido escasísimos ejemplares. Es probable que otros manuscritos no impresos del mismo tipo hayan sido destruidos en nombre de la moral. La literatura erótica está hecha de vestigios que se elevan por encima de las cenizas de una miríada de hogueras, razón principal del amor que sentimos por ella.*

Como los textos más inspirados del gran Nerval, como los relatos más oscuramente iluminados de Hoffmann, Sor Monika *se sumerge en un continuo onirismo que, aún perteneciendo por supuesto al Romanticismo alemán, relaciona el libro al espíritu moderno igual o más que muchas obras maestras de la misma época. Vertiginoso es el tiempo de las novelas rosas, secuencia de cortos momentos de incandescencia en los que se ilumina una hermosa boca entreabierta, hermosos pechos desnudos, un hermoso vientre liso, una hermosa grupa a punto de recibir las vergas, hermosos muslos separados, tan rápi-*

damente y con tantos cambios de manos y de poses que la atención se diluye y que de realista no queda estrictamente nada. Luego, por un instante el velo (de la cama) vuelto a caer, antes de otra fantasmagoría carnal. El aficionado al porno quedará decepcionado, lo creo y lo espero, por esta ópera o esta obra teatral de ensueño que jamás disimula que es únicamente artificio y juego, como lo es toda literatura. En las últimas páginas, Monika lee una larga carta de su amiga Linchen, ex camarera de su madre, la hermosa condesa Louise, quien acaba de ser violada en un camino de bosque por cuatro estudiantes bribones y su criado sastre y rascatripas, Jean de Paris, quienes, antes de desaparecer, satisficieron todos sus deseos en una escena de grotesca farsa música-teológica-filosófica-orgiástica sazonada por supuesto con latín y con la lengua de Voltaire. Dejando de lado el placer del lector, el punto capital es sin duda la hermosa condesa, quien, al final de la prueba, «despertó en los brazos de su vieja amiga», frase con la cual termina esta pequeña novela autorizándonos, creo yo, a tomarla por un sueño en la totalidad de su fantástica imaginación...

André Pieyre de Mandiargues
19 de enero de 1984

Primera parte

Concedo voluntatem!

Esta es una de las naves de Cupido... ¡desplegad más velas! ¡Más! Al ataque... ¡los cañones ante los agujeros! ¡Fuego!

Pistol en *Las alegres comadres de Windsor* de Shakespeare

La hermana Monika cuenta la vida de su madre y de su padre a las amigas reunidas, pero especialmente a la hermana Annunciata Veronika, ex condesa de R.

Pocas de vosotras, queridas hermanas, conocéis a mi familia; mi padre, en cambio, era muy bien conocido por sus camaradas, que con él y Laudon habían participado en la Guerra de los Siete Años y habían infligido más de una derrota a Federico el Grande.

En una noble residencia para viudas cerca de Troppau, en uno de los paisajes más agradables del Oppa, pasó mi madre los primeros años de su primavera; y la pasó con aquellos cálidos sentimientos de la existencia que no siempre comienza con el *¡coeur palpite!,* pero que acostumbra terminar con el *¡haussez les mains!*

Su madre había conocido el mundo y lo había gozado, había dejado en él su temperamento, llevándose su amor a la soledad para la formación de su Louise.

Esta Louise es mi madre. Fue educada sin prejuicios, y sin prejuicios vivió y actuó.

A los más seductores atractivos del cuerpo

unía una gracia sin igual, un *savoir faire* sin reservas ni hipocresía.

El capellán Wohlgemuth, llamado hermano Gerhard, a quien mi madre apreciaba mucho, se encargó, como preceptor, de la formación de la virginal flor. Era un hombre joven y apuesto, de treinta años, y su encantadora discípula necesitaba grandes esfuerzos, por la noche, en su solitaria cama, para que sus dedos calmaran el fuego que la encantadora locuacidad del mentor había encendido en su pecho todavía inmaduro.

Su madre estaba presente habitualmente en las lecciones y su alegre espíritu animaba entonces la seca plática, ascética y científica, del capellán.

Mi madre, sin embargo, se distraía constantemente y de cada diez miradas, que hubiesen debido caer sobre sus libros, nueve se dirigían a las bonitas manos y a las caderas del hermano Gerhard.

—Usted no presta atención, Louise— le dijo severamente el capellán en cierta ocasión.

Louise se ruborizó y bajó los párpados.

—¿Qué comportamiento es éste, Louise?— preguntó medio enojada la prudente madre.

Pero Louise siguió tan distraída como antes, contestando erróneamente a todo lo que se le preguntaba.

—¿Cómo se llama el Santo que una vez predicó a los peces? —preguntó el padre Gerhard. Louise no se acordaba.

—¿Y cómo se llama el caballero que experimentó antes de Cromwell con la máquina neumática? —añadió interrogativamente la madre de Louise. También esto lo había olvidado

Louise —¡Espera! Te voy a dar un escarmiento —prosiguió la madre, levantándose y cogiendo una gran vara. Louise comenzó a llorar, pero no le sirvió de nada; la madre la tumbó sobre la mesa, le levantó las faldas y las enaguas y, ante la centelleante mirada del padre Gerhard, le azotó las tiernas nalgas, hasta que en ellas se hizo visible toda la *mnemotecnia* de los clásicos.

El padre Gerhard intercedió por la pobre y esta vez terminó su lección con la observación de «que los mayores siempre deben aprender algo del castigo infligido a los jóvenes».

Mientras decía estas palabras se había levantado y, encendido por la visión de las juveniles nalgas, palpó a la madre de Louise por debajo de las faldas.

—¡Pero Gerhard! —objetó la madre mientras ordenaba a Louise que saliera al jardín—. ¡Espero que no me considere tan traviesa como a nuestra Louise!

—No, en absoluto —repuso Gerhard, mientras Louise cerraba la puerta tras de sí y, enjugándose las lágrimas, observaba por el ojo de la cerradura—, pero usted sabe muy bien, señora, que de tal palo tal astilla, y consecuentemente...

Y sin esperar la respuesta de la sutil y consecuente señora, que ya en su risa manifestaba el sentir de su corazón, la lanzó al sofá. Y levantó violentamente sus faldas y enaguas, demostrándole con su actuación que el hecho de querer enseñar a otros lo que uno no tiene la más mínima intención de poner en práctica, pone siempre de manifiesto una cierta perversión.

—¿Es ésta su opinión? —preguntó la madre

de Louise, mientras se movía violentamente bajo el terrible temblequeo del padre Gerhard.

—Sí, ésta es mi opinión— respondió éste, dándole unas sacudidas tan fuertes que el sofá temblaba como las casas de Messina durante el último terremoto.

—Su hi-ja tiene de qué vi-vir —consiguió decir el capellán—, déjela que siga su incli-nación a hacer el bien repartiendo feli-cidad a su alrededor y satis-facción.

—¡Ay, ay! ¡Cape-llán! ¡Pa-re! —entonaba la madre de Louise—. ¡Me aho-go!

Louise, más bella que la diosa Hebe desnuda, contempló toda la escena por el ojo de la cerradura, apagando con sus dedos el furor de las fogosas sensaciones que corrían por todo su cuerpo al ver el imponente miembro del piadoso hermano. Consiguió irse en el preciso momento en que Gerhard retiró su erecto amor apaciguado del seno de su madre y, con mirada lujuriosa, admiraba las buenas épocas de Grecia y Roma. Pero:

Perspiceritas argumentatione elevatur!
Cic.

¡Las cosas claras se vuelven sospechosas al presentar pruebas!

Así lo demostraba el padre Gervasius cuando me explicaba las obligaciones de Cicerón en la hermosa clase de latín, y me habían llegado a gustar tanto algunos de estos argumentos, que siempre revelaban tanto sentido común, que a veces sus impresiones me hacían olvidar maitines y vigilia, pues con ellas no hace falta levantarse temprano ni acostarse tarde.

El padre Gerhard besaba con pasión el vientre, los muslos, la campiña del placer y los pechos desnudos de la madre. Louise estaba inmóvil detrás de la puerta, buscando con la mirada por encima de los pantalones bajados del hermano Gerhard el *Stabat mater* de su instrumento de matricular que en este momento deseaba volver a realizar el *Actus conscientiae*, cuando un ruido en la escalera ahuyentó a Louise de la puerta, dejándoles abandonados a las tribulaciones y voluptuosidades de sus propios sentidos.

Salió al jardín y buscó a Adolph, el ayudante del jardinero. Este debía apagar un fuego que la naturaleza y la casualidad habían encendido en ella en un momento poco propicio. Pero no le fue posible encontrarlo y cuando había recorrido unas cuantas avenidas del jardín, que era bastante grande, vio a la madre cogida del brazo del capellán, tuvo que pasear a su lado respetablemente y ni siquiera tuvo ocasión de permitir a sus ojos que divisaran al deseado Adolph tras algún seto.

Desde este momento mi madre se dedicó incansablemente a buscar todo lo que pudiera satisfacer sus pasiones. El pequeño Adolph se convirtió en objeto de su provocación y la buena Christine tuvo que contarle varias veces lo que finalmente el mozo había hecho con ella en su alcoba. Y cuando Christine se inventaba una mentira, Louise le decía la verdad, y ella no podía negar que el bufón la había empujado a la cama, le había levantado las faldas y las enaguas, le había bajado las medias y había introducido entre sus muslos una cosa larga y tiesa, cuyo nombre ella desconocía.

Así pues, Louise lo había visto todo, y a Christine sólo se le ocurrió darle macarrones algunas veces y rogarle encarecidamente que por nada del mundo se lo contase a su madre. Y Louise no dijo nada, alimentaba su fantasía con imágenes lujuriosas, vivía con toda la gente de la mansión en la mejor armonía, siendo amada por todos, y se satisfacía todas las noches en su cama, de tal modo que sólo se le ocurrió deleitarse de la forma pertinente en ocasión de unos acontecimientos reales.

Así fue como Adolph consiguió obtener el goce anticipado de su desfloración.

Un día, después de comer, Louise estaba en el pabellón del jardín mirando como jugaban las truchas en el estanque; Adolph se acercó a hurtadillas a Louise, que estaba apoyada en la barandilla del jardín y no prestaba atención a lo que sucedía a su espalda, le levantó las faldas y las enaguas hasta la cintura y le puso la mano entre sus muslos abiertos antes de que ella pudiera darse cuenta de su desnudez, que por encima de las ligas anunciaba un licencioso céfiro.

—¡Adolph, por favor, suéltame! —requirió la avergonzada muchachita.

Pero Adolph siguió inexorable. Separó sus pequeños y delicados muslos y satisfizo su voluptuosidad tan plenamente como le fue posible.

Este estrecho contacto con Adolph hubiera tenido consecuencias, de no ser porque la madre de Louise, tras estudiar detenidamente la naturaleza de su hija, consideró necesario internarla en el convento de Ursulinas de N.

Y allí permaneció hasta que, contando catorce años, la repentina muerte de su madre la convirtió en la heredera de una fortuna apreciable —dos pueblos y una residencia para viudas— y le atrajo las visitas de todos los deseosos de casarse y los ociosos enamorados de diez millas a la redonda.

De su vida en el convento nunca he podido llegar a saber gran cosa, me dijo que transcurrió entre la monotonía y la fantasía: «la primera como imagen luminosa y sombra nocturna de todo el círculo femenino, y la segunda vivía en mí misma y se alimentaba de la lectura de libros edificantes, religiosos y ascéticos».

Raramente sucedía algo fuera de lo normal, excepto en una ocasión en que encontró a una joven novicia con las faldas y enaguas levantadas ante la reja del locutorio, bajo la disciplina de un joven carmelita que le había impuesto el mencionado servicio amoroso, bajo condición de guardar secreto.

Cuando hubo arreglado todo lo referente a la herencia, Louise se fue a Troppau. El invierno estaba al llegar y un temperamento enamoradizo odia el frío, tanto el de la naturaleza como el de los corazones.

Allí vio al coronel von Halden y le causó una gran impresión. Contrariamente, lo que acostumbra a suceder es que el sexo masculino dé en primer lugar rienda suelta a sus pasiones y se deje llevar por el impulso de la sangre, como un acto del corazón, para compensar los sentidos. Pero desgraciadamente mi padre era un misógino. Cuando alguien hacía alusión al tema o le preguntaba directamente, solía decir:

—Sirvo a mi emperatriz y a mi patria, aquí están mi espada y mi vaina, y sólo envaino la espada donde reina la paz, de lo contrario no lo hago. Pero si entre las mujeres hubiera una que supiera cómo conseguir la paz conmigo mismo, sin seguir el camino del corazón o de la alcoba, le mostraría cómo se negocia una paz eterna.

—Es decir, sin desenvainar la espada— añadía su amigo, el teniente Soller, y mi padre asentía, sonriendo, en silencio.

Louise conoció esta manera natural de trabajar por la paz a través de un tercero, se sonrojó, se rió, se enfadó y comenzó a disponer sus baterías enfrentadas al impetuoso valor del coronel, de tal modo que éste debía comprender que el enemigo deseaba ser atacado.

Mi padre odiaba absolutamente todo tipo de sentimentalismo, desde el platónico al bucólico. «Ya que», decía, «no sirve absolutamente para nada; son vapores podridos que se concentran en el estómago gordo y repleto del corazón y que al ser expelidos apestan toda la atmósfera de la alegría humana».

Mi madre conocía este razonamiento del coronel, que desgraciadamente se ve confirmado a menudo en la vida ordinaria, y lo utilizó como base para elaborar su plan con fina astucia.

En ninguna parte se mostraba tan alegre ni su gracia era tan sencilla pero al mismo tiempo atractiva, como en compañía del coronel, y no es posible imaginar ningún momento jovial que con su método hubiera conocido límites.

Ya sabéis, hermanas, que donde las personas de nuestro sexo pueden tratarse en confianza, abiertamente y sin etiquetas ni consecuencias, caen todos los velos del comportamiento petulante y de la prudente observancia, y las almas femeninas dejan de desconfiar entre sí cuando confían en la discreción mutua y se han dado pruebas de íntima amistad.

Louise von Willau, que así se llamaba mi madre antes de que el coronel le diese su nombre, Louise von Willau, se decía por toda la ciudad de Troppau, tanto entre el pueblo como entre la nobleza del *haute parage,* es una muchacha espléndida, llena de gracia y de razón, jugosa, y sus turgentes pechos y su delicado trasero, suave como el bizcocho, valen más que toda la historia de Troppau junto con los archivos de actas de su silencioso ayuntamiento.

Las amigas de Louise llegaron más lejos en sus comparaciones.

Friederika von Bühlau, Lenchen von Glanzow, Franziska von Tellheim, Juliane von Lindorack y Emilie von Rosenau; éstas cinco habían ido juntas una vez a bañarse a Eger y, tras observar las gracias de Louise por los cuatro costados, ninguna de ellas quería discutirle el premio. Pero me estoy apartando demasiado del tema; os quería explicar todo lo que mi buena madre me enseñó para que lo imitara o me sirviera de prevención, y podría estar explicando desde una fiesta del Escapulario hasta la próxima.

Pero la escena, en la que de hecho mi madre conquistó al coronel von Halden, tengo que contárosla.

Un pequeño grupo de amigas se había reunido en su casa y, como en los misterios de la *Bona Dea,* no se hubiera debido permitir la entrada a ningún hombre, porque cada una de las seis allí reunidas ya tenía su Clodio, al que deseaba ver envuelto en su anhelante femineidad, de tal modo que habían llegado al acuerdo tácito de permitir la entrada únicamente a tantos pantalones como enaguas cubrían sus encantos de seis libras —propiamente ellas decían de seis razones.

Pasaron una hora entera entretenidas jugando al noble *L'Hombre,* cuando a Louise le cayó una carta; Franziska, que durante el juego había estado frente a un cuadro que representaba Apolo y Clitia entregados al más alto goce, se había ido encendiendo sin prestar mucha atención a su baraja; pero ahora, al caerle a Louise una carta bajo la mesa, pensó que había llegado el momento de aprovechar esta casualidad para dar otro rumbo, más acorde con su estado de ánimo, a la diversión. Así pues, se agachó rápidamente, cogió la carta y la escondió bajo el vestido de Louise, y, ya que ésta dirigía el juego con los muslos abiertos, el gracioso diploma de disipación fue a caer en un lugar que todas conocemos y a cuyas puertas abiertas yo tuve que esperar nueve meses para ver la luz del mundo.

Louise dio un grito y Franziska se rió.

—¡Cochina! —le espetó Louise, descubriéndose hasta el ombligo... y todas vieron la carta allí, donde propiamente debería venir a reposar la frivolidad de la virtud masculina desde tiempos de San José, de piadosa memoria, en caso de existir algún tipo de virtud masculina que no debiera ser puesta en duda.

—¡Pero Louise, qué bonita eres! —gritaron todas a la vez, y Franziska tuvo la malicia de volver a levantarle la camisa que se le había bajado.

—¡Franziska, déjame! —gritó angustiada Louise, pero Franziska la besó de pronto en la boca y le acarició con sus dedos calientes el camarín del amor.

—¡Pero qué desvergonzada eres! —dijo con enojo mi madre, juntando fuertemente sus muslos.

Pero Franziska conocía muy bien a Louise y siguió con mano hábil para hacer cambiar sus sentimientos, mientras que a ésta no se le ocurrió otra cosa, para contener el despertar del placer, que levantarse de un salto.

Pero con ello no consiguió sino empeorar la situación. Lenchen, que estaba sentada al otro lado, le levantó rápidamente las ligeras faldas por detrás y la camisa siguió el mismo camino, como impulsada por Céfiro, descubriendo unas nalgas blancas como la nieve, y le cogió todas sus gracias con lascivo contacto, pero al mismo tiempo con tal decisión que Louise se quedó completamente quieta y, bajo las manos de las dos lujuriosas muchachas, perdió todas las fuerzas de que normalmente dispone el pudor, si no se le ataca en su centro.

Para colmo de desgracias, Juliane y Friederika la tumbaron encima de la mesa, de tal modo que las cartas llegaron a introducirse en el estuche de su encantador y adorado Almanaque de Juegos Cotta, le arregazaron totalmente la delicada camisa por encima de la cintura y comenzaron a darle palmadas en sus magníficas nalgas.

A Louise se le acabó la paciencia; con la fuerza de un león movió su trasero de aquí para allá y tensó sus deliciosos músculos en un voluptuoso juego de caderas con una furia tan graciosa que todas a la vez gritaron:

—¡Ah, qué bonito! *allegro non troppo, piu presto... prestissimo!*

Pero para Louise la broma ya duraba demasiado y, antes de que las desvergonzadas muchachas se diesen cuenta, se escapó con violencia dejando allí a las cuatro, unas por el suelo, otras bajo la mesa que, con todo lo que había encima, porcelana china, loza inglesa y los restos de néctar del Yemen, había caído sobre las traviesas y las abrumaba y afeaba más que la pesadilla del lecho nocturno para la inocencia anhelante.

—¡Esto ha sido demasiado! —les espetó Louise, sacudiendo su vestido, como Madame Arend de Wetzel, sobre sus ocultos encantos—. ¡Ahora no os voy a ayudar! Me lo pondréis todo otra vez en orden, arreglaréis lo que se ha roto y me repondréis lo que se ha derramado o haré que mis dos mozos de cuadra os azoten con látigos hasta que todo se haya arreglado solo.

Todas rieron, pero Louise salió enfadada de la habitación cerrando con llave tras de sí.

Las prisioneras comenzaron a ponerlo todo en orden, pero cuando surgió la cuestión *Restitutio in integris* les sucedió lo que a los encantadores egipcios con los piojos de Jehová; no pudieron restaurar la porcelana y la loza rotas y gritaban: «¡La culpa es de los ingleses y de los chinos!».

Louise, sonriendo, contemplaba por el ojo de la cerradura lo que más parecía un acta de mediación que un tribunal celestial, y las de dentro comenzaron a suplicar.

Pero Louise permanecía inexorable.

—Ahora me voy —les gritó por el ojo de la

cerradura— a buscar a Jeremías y a Antón, y haré que os levanten los vestidos y os azoten en las nalgas desnudas hasta que vuestros vicios hayan salido de vuestra piel!

Las muchachas empezaron a llorar, prometieron restituir los daños y además someterse a los castigos aplicados por su propia mano que a ella se le ocurriesen, pero que dejase a Jeremías y a Antón, pues de lo contrario dejarían de quererla para toda la vida y se convertirían en sus peores y eternas enemigas.

—Bien —respondió mi madre—, si preferís restituir las piezas rotas y someteros a un merecido castigo, dejaré que Jeremías y Antón se queden en la cuadra, vendré en seguida con unas varas y, como a Gedeón, os haré trizas la carne.

Lenchen corrió a la cerradura, desde dentro de la habitación, y suplicó a mi madre:

—Abre, querida, nos sometemos al castigo, pero que Jeremías y Antón se queden con los caballos.

—Esperad, jóvenes yeguas, os voy a almohazar —les gritó Louise.

Fue al jardín, cortó sin compasión una docena de tallos de rosal con sus primeras yemas y corrió, como una Erinia desde los infiernos al mundo sublunar, para vengar las vasijas rotas.

Con el pecho descubierto y el pelo al salvaje estilo de las bacantes, volando por encima de los hombros, Louise abrió la puerta de la prisión y todas fueron a su encuentro con sonoras carcajadas.

Louise blandió amenazante los tallos de rosal cual vara de tirso frente a las maliciosas ninfas, declamando con rabia pitonisíaca:

Silence! imposture outrageante!
Déchirez-vous, voiles affreux;
Patrie auguste et florissante,
Connais-tu des temps plus heureux?

Y exigió, imperativa, que Lenchen, Franziska y Juliane se desnudasen; pero Franziska se adelantó a las muchachas y repuso:

Favorite du Dieu de la guerre,
Héroine! dont l'éclat nous surprend,
Pour tous les vainqueurs du parterre,
La plus modeste et la plus grande.
(Voltaire)

—Lo que tú crees, Fränzchen* —replicó sonriendo Louise, mientras colocaba los tallos de rosal en el sofá—, quiero probarlo ahora. Ven, acércate a Apolo y a Clitia y arrepiéntete de lo que has hecho.

Antes de que Franziska pudiera darse cuenta, se encontró con las partes bajas al aire ante el areópago femenino que, encantado con la belleza de su trasero, manifestó su aprobación con tres palmadas.

Louise le puso las faldas y las enaguas encima de la ardiente cara y ordenó a Emilie que se las sujetara al pecho. Franziska mantenía sus suaves y virginales muslos fuertemente apretados, pero en cuanto Emilie le retiró la camisa interior de la bellamente redondeada barriguita, descubriendo la encantadora región desde el todavía pelado Ida hasta el trópico, igualmente se hizo visible aquel precioso templo de Amatunto

* *Fränzchen* es el diminutivo de Franziska. (N. del T.)

que tanto nos gusta imaginar en la vecindad del dios olímpico, en el momento en que, estimulado por su belleza, abandona el propio y se ofrece en holocausto en los altares de la Venus de Citerea.

Louise, con un sentimiento casi de envidia, provocado por la visión de tanta belleza, cogió a Juliane y a Lenchen, las puso junto a Franziska formando un triángulo, hizo que Emilie y Friederika las sofaldasen igualmente, unió a las tres con su pañoleta a la altura del talle, cogió los tallos de rosal, a Franziska la llamó Aglae, a Lenchen Talía y a Juliane Eufrosina, y azotó con tal crueldad las seis inocentes nalgas que las Gracias dejaron la bella posición en que las había descrito Wieland y con la mayor falta de decoro saltaron como en una cacería salvaje de Artemis, rompiendo con sus impetuosos movimientos la ataduras que las aprisionaban y, liberadas con violencia a los pocos instantes, saltaban como ménades, no como las Gracias de Wieland.

La venganza había entibiado ya a Louise, pero las tres Gracias castigadas exigieron que sus ayudantes, las hermanas de la eternamente esquiva Psique, fuesen también azotadas y que incluso la misma Psique se sometiera a su juicio.

Las castigadas cogieron rápidamente a las cómplices, las pusieron una tras otra en la silla, en la que antes Psique había debido revelar a Louise sus etéreos encantos, les descubrieron el trasero y Louise tuvo que imponer sobre las graciosas elevaciones el mismo correctivo que unos minutos antes había impuesto para todas, excepto para sí misma.

Apenas hubo sucedido esto, apenas hubo abandonado esta humillante posición la última de ellas, Friederika, cuando las ya reconciliadas amigas oyeron un tintineo de espuelas y vieron al coronel von Halden y al teniente Soller en el umbral de la puerta abierta mirando atónitos hacia el interior.

Louise fue a su encuentro con la mayor naturalidad, les dio la bienvenida y les preguntó qué feliz casualidad conducía al conocido misógino y al todavía más conocido hermano de Baco, de repente, a la esfera de los espíritus inferiores de aquellas seis indefensas mujercitas.

El coronel era en cierto modo un Siegfried von Lindenberg y su Acates, un señor von Waldheim; ambos tenían más cultura que modales y, aparte de sus deficiencias anteriormente expuestas, eran de aquellas personas de las que se podía hacer lo que el Señor había hecho de ellas.

Las muchachas por su parte, como se suele decir, en sus mejores años —mi madre no tenía entonces más de dieciocho años—, rodearon a los hijos de Marte con toda la libertad que les confería el privilegio de su juventud y su sentido del humor.

Habían olvidado ya la mitad de los dolores de sus ocultas partes y la otra mitad no tardaría en pasárseles.

Louise se había adueñado del coronel y jugaba con el tahalí de su espada, llevándole de una esquina de la habitación a la otra, y le pidió que le dijera cómo se llamaba el primer rey de Creta y si realmente, en tiempos del apóstol Pablo, aquella Creta había tenido costumbres licenciosas.

El coronel se sintió incómodo y le molestó que una damisela tan joven le andase cosquilleando por la barbilla y, en lugar de contestar a sus insolentes preguntas, le espetó:

—Señorita, si no me libera usted al instante de sus uñas y garras, verá y sentirá lo que soy capaz de hacer con usted.

Mi madre se rió de la amenaza y le ordenó que durante la velada cediera voluntariamente a sus caprichos o, como un prisionero, debería resistirse a toda la fuerza de sus encantos.

Ante este capcioso discurso, el coronel cogió su espada, pero Louise corrió en un abrir y cerrar de ojos y asió el brazo que empuñaba en lo alto el mortal instrumento, con la intención de arrebatárselo. El coronel, sin embargo, no estaba para bromas y levantó a la atrevida como si fuera una pluma, la tiró al sofá, le descubrió el trasero, desenvainó su espada y le pegó, a pesar de sus penetrantes gritos, hasta dejarla como una amazona de Egon.

El coronel tuvo que pagar la encantadora visión del trasero desnudo de Louise con su libertad. La inolvidable belleza de estas partes, las temblorosas elevaciones y la vecindad de lo que por detrás se exponía a toda la concupiscencia masculina, desarmaron su brazo y en sus sentidos, que la madre naturaleza había conservado y la cultura todavía no había alterado, despertó un algo que puso claramente de manifiesto a la paz de sus sentidos que su corazón no había perdido ni un ápice de ello.

En cuestiones sensuales y placeres, el hombre de principios y de carácter es ciertamente siempre el antípoda de la persona sin carácter, brutal y rudo. Aquél siente moderadas y satisfechas sus pasiones al ver los ocultos encantos femeninos; éste, en cambio, cuya fuerza bruta no establece un límite al instinto sensual, sigue excitándose continuamente hasta la saturación. Este es, pues, uno de los principales males del sagrado matrimonio y uno de sus peores secretos es que aquélla que se encuentra en los primeros grados de la vida sensual debe acostumbrarse a la abstinencia de vez en cuando, si todavía tiene la intención de amar a su agotado esposo después de unos meses. Este fue uno de los principales motivos de que yo optara por el convento, y prefiero olvidar siete veces a la semana, con los diez dedos y otros consoladores, que existe un sexo masculino a tener que quejarme de su impotencia, de la que él mismo sería el responsable. Las consecuencias de tal diferencia de caracteres entre el sexo masculino son absolutamente imprevisibles. El primero mantiene el sistema adoptado de placeres sensuales y se ennoblece con ello, mientras que el otro se destruye a sí mismo como el fuego y lo que le alimenta.

Otro, en lugar del coronel, se hubiese lanzado con furor sobre los sensuales encantos de mi madre, descubiertos durante la flagelación con la espada, buscando su triunfo en su posesión. Pero von Halden, que realmente odiaba a las mujeres, aunque de hecho las tratase como flores a las que nunca se rompe, sino que se las deja marchitar en sí mismas, en su propio terreno, consideraba que romperlas era como una depredación de todo el hermoso verano de la vida que además hace desear un largo y frío invierno.

Los desnudos encantos posteriores de mi madre, la belleza y pureza de ciertas partes y las prendas de vestir esparcidas aplacaron el odio del coronel, convirtiéndolo en un amor tan tierno y sincero por este desamparo femenino, que le sacrificó sus anteriores principios, de odiar a todo el sexo femenino y al representante de este sexo que estaba ante él, y también su libertad.

De todas formas él se había atrevido a algo que, aunque no se pudiera considerar una indecente burla lasciva, exigía una reconciliación con la ofendida.

Así pues, y sin delatar con la más mínima exclamación hasta qué punto el desnudo trasero de mi madre había hecho desaparecer su misoginia, besó tres veces las partes ofendidas, puso con serena indiferencia primero la camisa y luego las faldas en el lugar que les correspondía y la levantó de la silla.

Sin embargo, a juicio del coronel, todavía quedaba por hacer lo más difícil, ya que quería escarmentar de modo parecido a las espectadoras para que ninguna de ellas pudiera considerarse poseedora de unos derechos superiores a los de las otras.

Entretanto se había hecho innecesaria esta medida. Franziska ya se había sentado en el regazo del teniente Soller y éste hurgaba con sus atrevidas manos en los más secretos encantos de la descocada.

Lenchen estaba sentada en una silla, se había levantado las faldas hasta la altura de los muslos y se estaba arreglando las ligas; Juliane tenía la mano en su íntima rendija y Friederika estaba mirando hacia los pantalones abiertos del teniente, que Franziska acababa de desabrochar con la intención de liberar un miembro masculino de un tamaño tal que hasta el momento ninguna de ellas, excepto Louise, había visto.

En el momento en que el coronel, tras haber levantado a Louise, quería cerrar un pacto de silencio con el teniente y darle a conocer el santo y seña del día, Friederika exclamó:

—¡Louise, esto nos lo debes a nosotras!

—¡Sí, es cierto! —gritó balbuceando Franziska, levantando a lo alto la camisa del teniente, de forma que su Amor quedó al descubierto entre la espesura de arbustos de mirto como un Príapo en el Belvedere. —Sí, es cierto... —y mientras acariciaba el magistral miembro de Soller, explicó lo que os he contado, cómo la había tratado Louise.

—¡Oh! —replicó el coronel al terminar la explicación de Franziska, que, excitada por los dedos del teniente, se movía convulsivamente sobre su regazo—, siendo así, lo único que puedo hacer para reparar mi insolencia es convertir a Louise en mi esposa y darte a ti, Soller, a Franziska en total propiedad.

Las muchachas daban gritos de júbilo.

Acto seguido el coronel tomó en brazos a Louise, la besó en los pechos descubiertos y la llevó a la alcoba.

Soller puso a su muchacha en el sofá, abrió la puerta y pidió cortésmente a sus compañeras que la esperasen en el jardín, lo que éstas no se hicieron repetir, ya que su pudor todavía era mayor que su concupiscencia.

Apenas hubieron salido, Soller desnudó a Franziska hasta el ombligo, le separó los muslos blancos como la nieve y se apretó con gran fuerza contra ella.

El coronel desvistió a mi madre hasta la camisa, ella hizo lo propio con él, luego se despojaron de las últimas prendas encubridoras de secretos hundiéndose embriagados y en la más paradisíaca de las actividades en el mullido lecho.

Ocho días después de esta escena se celebraron las bodas de mi madre y las de Franziska.

Yo fui el único fruto de este matrimonio, pero lo que me sucedió desde mi más tierna edad hasta la época de los primeros sentimientos de adolescente pertenece al capítulo de aficiones e impulsos infantiles y será de poco interés para vosotras.

En cambio os he de confesar que a mí, como antes a mi madre, me gustaba que mi preceptor, el hermano Gervasius, me azotase; y como yo era de naturaleza indómita, sucedía con cierta frecuencia, aunque siempre en presencia de uno de mis padres y no antes de dos días después de que me hubiera comportado mal o de que no hubiera aprendido nada.

Me gustaba mucho contemplar en el espejo mis pequeños encantos al descubierto. A menudo me pasaba largos ratos ante él con el vestido levantado y pensaba: *personne ne me voit!*, y me examinaba de arriba a abajo.

Bajo las órdenes de mi padre servía un joven francés con el grado de teniente. Este pasó a ocupar el primer lugar entre los jóvenes amigos de mi padre cuando Soller fue trasladado a Glatz con su joven esposa. Este francés, aunque lleno de bondad y de leales sentimientos, era uno de los más finos libertinos y de los más ávidos que os podáis imaginar.

A este adorador furtivo de mi madre a menudo tuve que aguantarle yo —que contaba entonces diez años— cuando ella, en broma o en serio, le había rechazado. Cada vez que Monsieur de Beauvois nos visitaba, y esto sucedía casi a diario, me regalaba bombones o algún juguete, lo que despertaba mi alegría. Entonces yo ya sabía que lo que él quería era, naturalmente, quedarse a solas con mi madre, y nunca tuvo que repetírmelo dos veces.

Lo que más cautivaba del teniente Beauvois era un *savoir faire* que no admitía comparación.

En cierta ocasión regresé del jardín más temprano de lo acostumbrado y cuando me disponía a abrir la puerta de la habitación, en la que se encontraban mi madre y Beauvois, oí un estrépito y que ella le decía: *«Je vous prie instamment, Beauvois! Laissez-moi... oh... oh! Ma Diesse! Oh! Laissez-moi faire... laissez-moi...»* No oí nada más, pero vi lo que no oía por el ojo de la cerradura. ¡Y qué es lo que vi! Mi madre estaba tendida en el suelo. Beauvois le mantenía en alto las faldas y las enaguas, le había levantado el muslo izquierdo, con los pantalones bajados, desnudo de cintura abajo y su miembro estaba rígido como una barra de una puerta de Berlín.

Ante esta visión tuve una sensación tan extraña que casi no podía tenerme en pie; me desnudé, observé atentamente la escena y actué con mi dedo al mismo tiempo que Beauvois se lanzaba sobre mi madre y clavaba su Cupido, y con tal dedicación que sentí tal vez tanto placer como mi madre.

Mi madre era sensual en el más alto grado, sus sentidos estaban en constante actividad; mi padre, en cambio, era todo lo contrario; nunca demasiado interesado por los encantos femeninos, tenía que excitarse con algo especial para desear satisfacer su deseo con mi madre.

Inmediatamente después de la boda, mi padre había expuesto a mi madre algunos puntos del íntimo tesoro de su corazón, que a ella le prometían un alegre futuro; y creo que, aparte de sus obligaciones de madre, nada se oponía a que ella utilizase estos puntos en su propio beneficio. Pero después de dos años de matrimonio, en cuanto pudo comprender que ya no podía esperar más satisfacciones de su unión matrimonial, tomó la firme decisión de aceptar en breve y sin temor éste, su primer grado de viudedad, utilizando el permiso recibido.

Este consentimiento se lo dio mi padre de la manera más explícita:

—Te he obtenido —dijo— de una manera tan singular, que tal vez pueda perderte de la misma manera. Sé y me consta que tu temperamento sensual no respeta los límites de la honestidad y que tu voluptuosidad está arropada por una filosofía más fuerte que la tendencia de tu amor a una conducta decente.

»Ahora no quiero discutir contigo sobre lo lícito y lo ilícito en la satisfacción carnal y menos aún quiero discutir con la naturaleza por el hecho de que tanto se satisface en el celo como en el rígido vestido invernal; sólo quiero decirte que a ambos os pagaré con la misma moneda que yo reciba o con la que todavía pueda recibir de ti.

»A partir de hoy te confío a ti misma según aquellos principios que te expuse como los míos propios ya en los primeros días de nuestra unión; pues hoy te ha visto Beauvois por primera vez con los pechos descubiertos y con enagua corta. A ti misma, a tu diversión te confío, pero a cambio es justo que en compensación me corresponda otra parte de tu cuerpo, que no he vuelto a ver desde tu primera unción: tu trasero. ¡Ten, pues, cuidado! Ya que cada vez que te sorprenda en flagrante delito, esta parte sufrirá su castigo.

Mi madre se rió y además prometió confesarse con él en cuanto sintiera el menor escrúpulo que pudiera impedirle hacer uso de su bondadoso ofrecimiento.

—Con toda sinceridad —contestó mi padre (tal como me lo contó ella misma)—, de ningún modo te lo puedo tomar a mal, ya que es absolutamente imposible exigir que una persona responsable deba ser esclava de otra; en todo caso éste puede ser un derecho en estado de guerra, pero en el derecho natural sería una verdadera blasfemia contra la sana razón. Los mandamientos de los curas o aquéllos inspirados directa o indirectamente por Dios y el contrato social de los hombres son compromisos que hay que aceptar mientras nos convengan o nos sean necesarios, pero de ningún modo pueden mantenerse por mucho tiempo en la naturaleza de la persona totalmente formada, que ya no es menor de edad. La libertad del espíritu y del corazón, del cuerpo y de las fuerzas morales y físicas en beneficio del individuo y de la comunidad, es un objetivo al que no debe ponerse ningún tipo de barreras legales mientras la barbarie y la cultura no entren en guerra abierta y a ambas las domine la maldad. Por ejemplo, el sacramento del matrimonio entre los cristianos ha de unir con más fuerza los vínculos de la naturaleza entre alma y cuerpo, pero, ¿conseguiremos con ello algún día la inmortalidad? ¿O es que alguna vez ha resucitado algún muerto que nos haya dicho: Allí, en aquel lugar en que ya no se piden en matrimonio ni se desposan, he vuelto a encontrar a mis allegados, a mi esposa, a mis hijos?

»¿Y sirven, tal vez, estas limitaciones legales de los impulsos naturales para unir más estrechamente a nuestros hermanos y hermanas? ¡Seguro que no! ¿Y los excesos? ¿Quién de toda esta generación filosófica y estética se atreve a decir algo sobre los excesos? Incluso los juristas conocen la tabla de progresión de lo natural tan bien como Mirabeau y Rousseau; lo único que debe hacer realmente un jurista, como dice Schlegel en su *Museum,* es ocuparse de las cuestiones de poca importancia, pues de ninguna manera pueden mostrar algún interés por las cosas importantes. ¿Se puede decir, tal vez, que el egoísmo de la familia haya producido algo mejor en el mundo que una orden religiosa de piadosos hermanos o hermanas? ¿Y quién, de los que están en posesión de las virtudes del amor, de la clemencia, de la misericordia, querrá hablar de excesos que sólo la negra envidia pregona al son de los clarines en libros, por todas las esquinas y calles del mundo, y que con sus clarinazos ha provocado más males que todos los treinta y dos vientos juntos?

—¡Oh, hablas como un ángel, coronel! —exclamó encantada mi madre.

Se quitó la gorguerita, reposó su cara sobre el turgente pecho y le abrazó, mientras le iba desabrochando los pantalones, le sacaba la camisa y con sus suaves dedos hacía crecer el rígido e incircunciso *Sabaot* de su templo hasta convertirle en un coloso.

Mi padre se reía, levantó las faldas y las enaguas de mi madre y le puso el dedo allí, donde ella hubiera preferido que le introdujera otra cosa.

—Acabo de mostrarte mi corazón hasta el mismísimo fondo —continuó diciendo mi padre mientras iba manipulando, a la vez que ella seguía su costumbre de entretenerse con la carne ante la presencia del espíritu, en un constante tembleque de manos y muslos—. El mundo no está para tales desbordamientos del corazón, pero yo te amo, tú eres muy bella. —En este momento le separó los muslos—. ¿Qué será de mí, si, tal vez pronto, otro hurga en tu cálido seno, otro abre estos rosados labios, creados por el mismo Amor, y con su ardor y con su furia los separa como hiciera el dios de los hebreos con el Mar Rojo mientras tu marido todavía no ha conseguido, como Don Juan, llegar a las mil y tres conquistas tal como pretende hacerlo?

Llegando a este punto la tumbó en el sofá y la desnudó totalmente hasta el ombligo.

—¡No! —exclamó—, por todas las bienaventuranzas corpóreas, Louise, necesito una reparación.

—Y la tendrás, amigo de mi alma —respondió Louise, abriendo sus muslos para dejar que mi padre terminara su tarea—. Mi... trasero... sufrirá el cas...tigo por mis peca...dos; venga cada uno de mis des...lices que tu amor tan bene...volente me to...le...ra. ¡Ah, ah!... para que...rido ...a fondo ...a fondo... ¡Ah!... ¡Ah! ...¡Ah!

¡Y los dos se fueron!

Al terminar lo principal de la reconciliación, mi padre siguió exponiendo su argumentación.

—¿No es cierto, Louise —dijo entre otras cosas— que mientras la ley no ofende la natural relación en libertad de una persona respecto a otra y a su naturaleza y solamente ejercita inexorablemente sus derechos en caso de vicios y crímenes contra natura, se hace soportable y en caso de que incluso, tal vez, se le haya tomado afición, el castigo que sigue a la transgresión nos es saludable?

—Absolutamente cierto —respondió Louise—, incluso lo considero en cualquier caso bien fundamentado.

—El Estado y la Iglesia —prosiguió mi padre— se han distanciado en esta cuestión. Aquél se ocupa del delito contra el orden natural y burgués, ésta del pecado contra el orden divino y moral. Unicamente que no sabríamos nada del pecado, si la Ley no hubiese dicho: No codicies, y si las consecuencias no nos hubiesen convencido totalmente del poder de estas leyes.

»Los delitos tienen todavía una mayor antítesis de lo insoportable en su contra; pues ya Caín tuvo que escapar ante la acusación de su conciencia; pero si hubiera un acuerdo colectivo de alguna nación o de algún pueblo que permitiera asesinar o mutilar, robar o calumniar, odiar o envidiar, allí la ley del contrario no tendría más autoridad que la violencia. Existen ejemplos en la historia. *De gustibus non est disputandum!* Mientras, aquéllos que no se han impuesto leyes a sí mismos, como el león o el tigre, la rosa o el enebro, la piedra y el agua, deben ser determinados por leyes extrínsecas a ellos. En el fondo, sin embargo, también se puede suponer igualmente que en toda la naturaleza de las cosas nada puede ser determinado en su organización con pretensiones de eternidad. Por ejemplo el agua, que en nuestras latitudes sólo se hiela en determinadas épocas, en Saturno se convertiría en una roca y seguiría siéndolo mientras la naturaleza de ese planeta no experimentase ningún cambio. Pero, ¿crees tú que por esto se puede pensar en la imposibilidad de esta transformación?

—No, seguro que no, querido August —respondió mi madre arropándose los pies con sus faldas.

—Bien, pues —prosiguió mi padre—, ahora te toca a ti escoger. Mi filosofía y mis derechos, mi amor y mis principios, nunca rebasarán los límites de lo justo, pues en mí la pasión no juega ningún papel importante.

Se hizo una pausa y luego preguntó mi padre:

—¿Hasta dónde ha llegado el teniente contigo? Ya sé que te ama y está sediento de poseerte. ¿Ha visto algo de ti además de tu pecho?

—¡Sí! ¡O por lo menos así lo espero!

—¿Y qué? ¿Y cómo?

—Ayer estaba cogiendo cerezas, él estaba bajo el árbol y observé claramente que cada vez que yo me inclinaba, él me miraba por debajo de la camisa y, te lo confieso, ¡eso me electrizaba! Separé mis pies cuanto pude y seguro que lo vio todo, ya que se desabrochó los pantalones mientras decía: «¡Divina Louise!». Se sacó los faldones de la camisa y comenzó a llamar al orden a su indómito. Yo no podía pronunciar ni una palabra y lo que hice fue descubrirme y, apoyada en el árbol, procurarme alivio con mis dedos.

—Observo que es un hombre delicado, Louise —respondió mi padre—, pero tales delicadezas no son propias de las personas que necesitan algo más sólido.

»Entre los hebreos, las palabras 'circuncidar' y 'prostituirse' van seguidas en el orden del alfabeto; también le vamos a enseñar al teniente la ley de la circuncisión. Es digno de ser circuncidado, ya que quien hace algo así ante los desnudos encantos de una mujer, a quien conoce, merece como mínimo ser circuncidado.

—No servirá de mucho —dijo mi madre.

—Bueno, pues, de todas maneras una señal del derecho criminal de la sensualidad puede compartir su valor con el patíbulo o la rueda. ¡Debe ser circuncidado, Louise! Y por tu propia mano, y con esto te impongo la segunda condición: me traerás el prepucio de todos aquéllos que te disfruten.

—¡Ja! —gritó mi madre, cruzando las piernas—. ¡Eres un hombre sin igual! ¡Voy a intentar ser digna de ti! ¡El teniente será la primera ofrenda que te haré!

—Bien —dijo riendo mi padre—, tú haces hebreos y yo una santa, y trataré de darte ahora mismo el alimento de los santos, pero antes atavíate como Esther antes de que Asuero tuviera a bien hacer a su pene primogénito del dominio feudal judío, o mejor como Irene, antes de que Mohammed II, ávido de gloria, le cortara la cabeza.

—Al momento, querido, haré todo lo necesario y entretanto te mandaré a nuestra Karoline; por favor, hazle algo bonito; su Helfried ha muerto de una fiebre aguda en Halle y ella está inconsolable; su bello pecho te gustará y ella te lo mostrará, si tú lo quieres, sin llorar.

—¿Ah, sí? —preguntó mi padre—, ¿tanto ha evolucionado?

—Se ha formado en mi escuela.

—¡Ah, ahora comprendo! Hazla venir.

Mi madre se fue y Karoline se presentó ante mi padre.

—¿Qué ordena usted, señor?

—De ordenar, nada, criatura, sólo pedir. Ven, acércate.

Karoline se le acercó.

—¡Eres una muchacha bonita, buena y cariñosa!

—¡Oh, por favor, señor! No me avergüence. Creo que soy precisamente como debo ser.

—¿Cómo?

—¡Buena, señor!

—Pero mi frívola esposa no es buena, ¿verdad?

—Oh, ella es la pura bondad, el mismo amor.

—¿A qué llamas tú bondad y amor?

Karoline recatada, bajó la mirada y se sonrojó.

—Mi esposa te ha corrompido; es decir, te ha introducido en los secretos del amor.

—¡Señor! —gritó Karoline y se postró a sus pies—, ¡ah, le ruego por la bondad que siento en mí, que sea indulgente conmigo!

—¡Tontuela, qué ocurrencia! ¿Tan poco me conoces?

—¡Ah! —suspiró Karoline, se agachó un poco más y mientras besaba la mano de mi padre, levantó el trasero.

—¿No te da vergüerza, Karoline? No me hagas pensar que no tienes buena conciencia, y tal posición raramente delata otra cosa. Como castigo por no haberme apreciado en mi justo valor, me vas a enseñar el trasero.

—¡Ah, señor! —balbuceó Karoline; pero mi padre se levantó, puso a Karoline en el sofá y le levantó las faldas y las enaguas por detrás.

—Realmente eres una muchacha hermosísima, Karoline —prosiguió mi padre, electrizado por los sublimes encantos de Karoline—, debo privarme inmediatamente de la visión de tu belleza, de lo contrario ninguno de los dos sabrá a qué atenerse.

Con esto volvió a colocar la camisa en su correcta posición, la cubrió con las faldas y la alzó.

Karoline estaba encendidísima.

—Dime, Karoline, ¿Malchen sigue siendo tan maliciosa?— (Ya sabéis, hermanas, que yo me llamaba Malchen.)

—¡Y tanto, señor! Pero creo que es una suerte para ella, pues si fuera como yo a su edad, meditabunda, distraída y... —aquí se interrumpió.

—O sea, ¿que tú crees que la malicia no debe ser castigada?

—No, señor, ni tampoco las muchachas de

mi carácter. En la escuela sólo me azotaron una sola vez y todavía no puedo olvidar la situación en que me encontraba entonces.

—Es decir, ¿que este castigo no sirvió para mejorarte?

—¡No, en lo más mínimo!

—¡Qué extraño!

—Conmigo fueron castigados dos muchachos; por su imprudencia, en la que yo también participé, se prendió fuego en un pajar del castillo señorial y, a pesar de que el señor von Flamming era siempre muy bondadoso, en este caso no quiso perdonar el castigo, para evitar que en el futuro se produjera otra desgracia peor por una negligencia parecida. Yo fui la primera en recibir el castigo, me tumbaron sobre un banco de la escuela y tuve que soportar treinta azotes en el trasero desnudo.

—¡Pobre muchachita! —exclamó mi padre, palpándole por debajo de las faldas.

—Luego les tocó el turno a Helfried y a Heilwerth, dos muchachos a los que yo quería mucho, especialmente a Helfried, al que desgraciadamente la muerte me ha arrebatado —aquí brillaron unas lágrimas en sus ojos—. Primero tumbaron en el banco a Heilwerth y cuando le bajaron los pantalones y le levantaron la camisa, casi me desmayé y olvidé mis propios dolores, pensando en lo que el pobre muchacho debía soportar.

Mi padre le levantó las faldas y las enaguas y con la mano le acarició por entre los muslos; en este momento entré yo inesperadamente en la habitación para dar a mi padre un ramillete de flores y todavía tuve ocasión de ver los muslos desnudos de Karoline y la mano de mi padre entre ellos. Rápidamente dejó caer las faldas y se levantó de un salto.

—¿Qué es lo que me traes, Malchen? —me preguntó confuso.

Fui dando saltitos hacia él, le di mi ramillete y le besé la mano. Mi padre le dijo a Karoline al oído que preparase una palmeta nueva.

—Oh, señor —repuso ésta ingenuamente—, ¿para mí?

Mi padre rió y dijo en voz alta:

—Eres muy compasiva, ve y haz lo que te he dicho.

Karoline se fue y mi padre me cogió de la mano y me llevó al señor Gervasius.

—Señor Gervasius —le dijo—, a partir de hoy enséñele física a Malchen. En este momento está usted desocupado y deseo que dedique totalmente esta hora a esta distracción y enseñanza.

El hermano Gervasius hizo reverencias y yo tuve otra hora libre menos.

Estas horas, de hecho, me producían un gran placer, pero no os quiero entretener ahora con éste, sino con lo que me sucedió; pero antes quiero terminar la historia de mis padres, tal como me la contó mi madre.

Apenas hubo regresado mi padre a la habitación que habíamos dejado, apareció mi madre con un vestido de raso blanco.

—¡Ajá! —profirió mi padre—, veo que Madame quiere mantenerle la palabra a mi amigo y visitar con él a la ingeniosa señora von Tiefenthal.

—Si tú lo permites.

—¡A disgusto! Ya sabes que no aguanto a esta señora... Tiene un alma negra hecha de maledicencia y de maldad. Si fuese una prostituta, no tendría nada en contra de su comportamiento, pero tal como es...

—¡Por favor, amigo mío! Tu juicio es demasiado severo.

—¡En absoluto, Louise! Conozco toda la parte superior de su aborrecible alma.

En este momento apareció Karoline con la palmeta.

Mi madre palideció.

—Espero que no... —preguntó perpleja.

—¡Y tanto! —Y diciendo esto fue a la puerta y cerró con llave.

Karoline estaba atónita y temblaba. El coronel le cogió la palmeta y le ordenó que colocara un taburete junto a la ventana central. Estas ventanas daban al patio de armas.

—¡Por favor, August, ahora no!

—¡Ahora! —repuso lacónicamente mi padre, mientras abajo sonaba un redoble de tambores.

—Tantas veces me has ensalzado la belleza del pecho de Karoline, que ahora quiero verlo.

Qué sucederá, se preguntó mi madre; fue hacia Karoline y le quitó la pañoleta del cuello. El coronel también se le acercó y le quitó la blusa con tanta rapidez que sus pechos temblorosos quedaron totalmente al descubierto.

—Realmente eres una muchacha bellísima, Karoline —dijo el coronel—, y sería una lástima que mi esposa te lanzara a las garras de la perdición.

Louise enrojeció y dijo:

—¿Qué te he hecho, Karoline, que tal sospecha...?

—Silencio, Louise, ahora ya no es tiempo de

hablar, sino de castigar y de soportar el castigo. Venid hacia aquí.

El coronel las condujo junto a la ventana.

—Karoline, levántale las ropas a tu señora hasta la camisa.

Karoline obedeció mientras su pecho se agitaba convulsivamente. El coronel besó las turgentes colinas y despojó a su esposa de las medias de seda. Al terminar, ella tuvo que arrodillarse encima del taburete, asomando la parte superior del cuerpo por la ventana, mientras Karoline la sostenía. Entonces el coronel tomó la palmeta, levantó la camisa de Louise y, sujetándola con una mano, la azotó hasta ver sangre. Ella sólo dio unos pocos gritos; por lo demás fue como si quisiera estudiar la sensualidad en sus dolores, pues no hizo ningún movimiento y sus nalgas resistieron los golpes con tal testarudez como si estuvieran petrificadas.

Cuando mi padre creyó que ya era hora de parar, ordenó a Karoline que secase a su esposa y dijo:

—Ahora ya puedes ir a casa de la señora von Tiefenthal o enseñarle algo a Karoline de lo que se enseña por sí mismo, o citarte con el amigo Beauvois, como quieras.

Mi madre lloraba y Karoline lloraba.

—Me quedaré en casa, August —respondió mi madre—, por hoy ya tengo bastante. Nosotras, mujeres y jóvenes, estamos siempre sedientas de placer y si por una vez sometiéramos nuestro indómito deseo y nuestras malas pasiones internas a un castigo voluntario, pronto nos daríamos cuenta de cuán beneficioso es un tal castigo para el espíritu y el corazón. Desvísteme.

—Sí, hazlo, Karoline. Vuelvo enseguida, luego concluiremos la buena obra que hemos empezado.

Karoline condujo a mi madre a la alcoba y la desvistió hasta la camisa.

En esto, apareció mi padre con Beauvois del brazo.

—Ya ves, teniente —dijo aquél a éste—, mi esposa está ya a punto de seguirte.

Beauvois, al contemplar los pechos descubiertos de Louise y Karoline casi perdió la vista.

—*Pour Dieu!* —gritó Beauvois—. Halden, *que faites-vous?*

—Enseguida lo verás, Beauvois —contestó éste, y conduciendo a Karoline hacia la cama apartó la colcha.

—Rápido, Louise, túmbate boca abajo, así...

Beauvois estaba encendido. Mi padre le dijo algo al oído a Karoline y ésta apareció al momento con una fuente llena de vinagre, en el que había diluido sal.

—Tú sabes, Beauvois —comenzó diciendo mi padre, mientras retiraba la camisa de mi madre descubriendo toda la parte inferior—, tú sabes que el placer y el dolor en la vida humana acostumbran a cambiar como el brillo del sol y la lluvia; pero sería mejor que las personas comenzáramos a enfrentarlos uno contra otro en el campo de batalla.

Beauvois, al ver los cardenales producidos por la palmeta en el bello trasero de mi madre, profirió un grito agudo.

—¡No te sorprendas, Beauvois! Ya sé que tú amas a mi esposa. Bien, ¿estás listo?

Beauvois bajó los ojos, enrojeció y dijo:

—¡Quién no querría disfrutar a tu esposa... amarla!

—Bien, Karoline, examina la constitución de Beauvois y dame luego la fuente.

Karoline se dirigió hacia Beauvois, le pidió perdón, le desciñó la espada, le sacó los pantalones y descubrió su miembro de campeonato en tan buena posición que Louise, al verlo, abrió inmediatamente sus muslos en espera del duro huésped.

—¡Sube, Beauvois! —gritó en esto mi padre, y Beauvois se puso encima de mi madre y supo ganarse su ánimo de tal manera que la más bella explosión de la naturaleza la hubiera sorprendido súbitamente, si mi padre no hubiese ordenado a Karoline que recordase lo olvidado a la parte ofendida. Y entonces Karoline comenzó a lavar el delicado trasero con el cáustico líquido, de tal manera que Louise tenía que esperar su fatal desenlace entre dolor y placer.

Entretanto el coronel había quitado la ropa a Karoline y estaba, antes de que ella se diera cuenta, en el lugar del placer que, en su congénito estado salvaje, ofrecía más encantos que toda la Jerusalén de Tasso revestida de estancias.

Beauvois resollaba como un tigre, mugía como un avetoro y suspiraba como un viajero en su camino hacia el Hades.

Mientras mi padre exploraba con su jalón el centro del cuerpo de Karoline, dejando algún que otro beso en su trasero alabastrino, ella debía pasar constantemente por los costados de Beauvois, sosteniendo, cual Hebe, la fuente con una mano y pasando la otra por la colina de rosas de Louise, tras haberla sumergido en la esencia curativa extraída de los guiones de Mnemosina y profetizando el próximo verano tras la languideciente primavera.

Pero Louise no sentía más que el potente bastón de mando de Beauvois en su centro, y ejecutaba sus órdenes con tal intensidad que el lecho retemblaba e hizo caer la fuente de las manos de Karoline, que suspiraba esperando el ultimatum de mi padre.

Pero, ¿qué pensáis del cruel padre? Apenas notó que se acercaba el dios del amor, sacó su flecha de la herida y Karoline tuvo que derramar, bajo el movimiento convulsivo de sus muslos, todo el contenido de sus pensamientos sobre la madera de caoba de la cama, sin goce ni fruto.

El árbol genealógico de mi padre estaba todavía como un cirio, pero, fiel a sus principios, quería dar un ejemplo también a los demás —incluso en el mayor desorden de las fuerzas de la inteligencia, en la supremacía de las fuerzas físicas— de cómo hay que obrar para no agraviar ni a la naturaleza ni a ninguno de los derechos de la razón.

Beauvois tuvo el más alto goce.

Mi madre se levantó entre el placer y el dolor y Karoline dio las gracias al coronel por haberla respetado, con un beso en la mano.

—Sí, niña, también tienes motivo —respondió él—, pues de no haberme avergonzado ante Beauvois, que no sabe respetar nada de esta suerte, seguramente habrían vencido tus encantos.

Mi padre fue entonces hasta un armario de pared, tomó una botella de vino de Borgoña y dos copas, escanció, le dio una al teniente y la otra se la quedó él.

Tras brindar por el placer de la rara amistad y del amor y apurar las copas, mi padre le estrechó la mano al teniente y se fue.

Pero apenas había traspasado el umbral, se le encendió un ardoroso fuego meleágrico a Beauvois, que ya estaba en el límite de sus fuerzas. Le quitó la camisa a mi madre y la nombró su Venus, tendió a Karoline en el suelo, le levantó violentamente vestidos y enaguas, él mismo se tituló Júpiter, a ella, la desnuda, Hebe, y se le echó encima con furia, como hiciera Ezzelin sobre Bianca Della Porta. Pero apenas había llegado su consolador a las inmediaciones de la puerta celestial, cayó como un saco... y se quedó dormido.

—¡Rápido, Karoline, a él! ¡Quítale los pantalones! —Karoline obedeció. Beauvois parecía el rey Príamo de la *Eneida* de Blumauer. Fue llevado a la cama y totalmente desvestido; en cuanto lo tuvieron ante sí, desnudo como el primer hombre ante Nuestro Señor, Karoline, por orden de mi madre, asió su consolador, que ya se había vuelto casi invisible, y lo aguantó con decisión. Mi madre tomó una navaja de afeitar, tiró del prepucio de la delictiva palmeta por encima del glande y de un solo corte lo separó del lugar en que había estado durante treinta y dos años. El opio era tan fuerte que Beauvois ni siquiera con este intenso dolor se despertó, sino que con una ligera sacudida muscular delató que le había penetrado hasta el fondo de su cautivada alma y que dejaba tiempo a las mujeres para que hicieran retroceder al dolor rápidamente hacia las regiones del bienestar con un bálsamo curativo.

La dosis de opio, que tanto Beauvois como mi padre habían tomado, debía ejercer su efecto por lo menos durante cuatro horas, y Louise y Karoline confiaban que en este tiempo el dolor del circuncidado Beauvois por su pérdida se haría soportable. Al igual que el dolor de un himen desgarrado sólo dura hasta que la paciente se ha convencido de la necesidad de su desgarrón en los campos del placer.

Mientras Beauvois seguía durmiendo y mi padre roncaba en la habitación contigua, Louise y Karoline tomaron un baño y juguetearon, como acostumbraban a hacer las mujeres, y Louise ahuyentó totalmente del cuerpo de Karoline el malhumor y el malestar que le había producido el coronel al replegar tan rápidamente su inexorable en su interior.

Pero me estoy extendiendo demasiado en la historia de mi madre y su amiga; la mía propia comienza a ser interesante y ninguna joven o mujer renuncia al interés del encanto, del placer o de la belleza propios por los de otra. Para terminar la historia de mis padres sólo quiero añadir que antes de que despertara Beauvois, mi madre y Karoline, yo y Gervasius ya estábamos en camino de Teschen. Nuestra huida fue tan repentina, que Gervasius apenas tuvo tiempo de taparme. El motivo por el cual tuvo que taparme —(todas las oyentes empezaron a reír)— fue el siguiente: Gervasius había comenzado ya la primera de nuestras distracciones sobre la física demostrándome que la persona humana está medida en cruz y partida exactamente en dos mitades.

—Señorita, quiere usted tenderse aqüí, ante mí, encima de la mesa —continuó en la clase siguiente.

Yo lo hice.

—¡Estírese totalmente!

Yo lo hice.

—Extienda sus brazos en línea recta.

¡Y sucedió!

—Bien, ahora verá usted —demostraba el clérigo—, y lo puedo demostrar totalmente, que usted es tan larga como ancha. Vea usted... —diciendo esto comenzó a palmear desde mi mano derecha pasando por el cuerpo hasta los dedos de la mano izquierda.

—Usted mide siete palmos de anchura y deberá tener otros tantos de largo, de lo contrario la naturaleza se habría equivocado en sus medidas y se habría convertido en una chapucera.

Entonces repitió el palmeo, pero desde la cabeza hasta los pies, y también tenía mis siete palmos.

—Ello le muestra, señorita, cuán sabiamente procede la naturaleza en todas las relaciones. Para el alma y el espíritu tiene otra norma que ninguno de los dos pretende transgredir, como tampoco quieren negar su independencia del cuerpo en que habitan. El cuerpo humano —aquí quería incorporarme.

—Por favor —ordenó Gervasius y me apretó contra la mesa—, el cuerpo humano consta, como usted sabe, de dos partes, la parte superior y la inferior, la noble y la vergonzosa, y estas partes están divididas justamente por el ombligo. Para mostrárselo mejor deberá permitirme que le levante las faldas y la camisa hasta el ombligo —y diciendo esto me arremangó las ropas tan arriba como pudo por delante y por detrás—. Mantenga sus muslos bien juntos.

Yo lo hice, y después, cada vez que veía la Venus médica en su posición conocida, me acordaba de mi posición aquella vez y pensaba: no te dejarás medir; pero tú también eres una diosa y el sentimiento de tu valor te permite elevarte por encima de tu apariencia carnal. Gervasius repitió el palmeo y tanto desde el cráneo al ombligo, como de éste a los pies yo medía mis tres palmos y medio.

Cuando me acababa de incorporar y me estaba arreglando la camisa, entraron mi madre y Karoline.

—¡Rápido, vosotros! ¡Tal como estáis... vámonos!

—¿Nos vamos? —preguntó Gervasius— ¡eso no es decir mucho!

—¡Nos vamos a Sirio o a los Dardanelos, a América o con los hotentotes! ¡Qué parlanchín! —replicó riéndose mi madre—. ¡A Teschen!

—¿Quiere comprar una escopeta o ir a recoger alguna?

—¡No, no! Lo que quiero es hacer pulir su tubo oxidado, ahí abajo.

—¡Ah! —contestó Gervasius haciendo reverencias y ayudándome a bajar de la mesa—. ¡Estamos listos!

Seguramente no hace falta que os diga, hermanas, que aquellas prerrogativas de que disfruta la clerecía respecto a los encantos del sexo femenino también habrían sido válidas para mi madre si Gervasius, ante el raro pacto entre mis padres, no hubiera osado hacer valer estos derechos eclesiásticos con la fuerza de sus armas.

A Gervasius le pareció el momento oportuno, mientras ofrecía el brazo a mi madre, de dirigir la otra mano hacia debajo de sus faldas primero, y luego incluso de levantar las ropas de Karoline hasta la parte más gruesa de sus muslos; no antes de haber hecho esto tuvo a bien emprender el camino conjuntamente hacia el landó.

Salimos por la portalada al trote y podíamos calcular que en cuanto despertara Beauvois le llevaríamos dos horas de ventaja, en caso de que tuviera ganas de perseguirnos.

Mi madre le contó a Gervasius en el landó, con los rodeos necesarios a causa de mi presencia, la tragicómica catástrofe, y al final le leyó la siguiente nota, que había dejado.

«¡Querido August, querido Beauvois! Abandono por un tiempo vuestra estimada compañía. El recuerdo que me ha dejado hace pocas horas mi August, me ha decidido a no darle sólo a él todo el valor de un recuerdo, al alejarme, sino también a ti, querido Beauvois, que con fuerza me has dejado uno que mi corazón nunca olvidará. ¡No me guardéis rencor! Os seré fiel, mientras pueda. Louise von Halden.»

Gervasius no sabía cómo admirar suficientemente su acto heroico y ya que mi madre había puesto los pies en el asiento posterior, en el que íbamos nosotros y que, además, el sol iluminaba totalmente nuestro coche, Gervasius le pidió que le dejara ver el recuerdo que la palmeta de mi padre había dejado en sus encantos hasta el momento de la significativa huida. Mi madre levantó el muslo derecho, sus faldas y su camisa fueron deslizándose y el bello trasero, tan duramente denostado, parecía la luna a mediodía.

Gervasius quería testimoniarle su estima, pero mi madre se sentó rápidamente y le hizo una llamada a la calma.

En cuanto llegamos a Teschen... pero aquí comienza a cobrar forma el primer período de mi vida. Tocan a vísperas. Mañana seguiremos.

Segunda parte

Unicamente el hombre, de entre todos los seres, tiene el derecho de influir, mediante su voluntad, en el círculo de la necesidad que para los simples seres primitivos es inquebrantable, y de captar en su interior una nueva serie de fenómenos.

Schiller

La hermana Monika continúa la explicación. Sin tener en cuenta a los héroes de Falck ni a sus personas, nuestros héroes y nuestras personas van hablando con mayor franqueza.

Os he contado nuestra llegada a Teschen; ¡seguid prestando atención!

Fuimos a casa de nuestra tía. Yo no la había visto nunca. En su cara había tal aire de severidad, que, comparada con el semblante siempre risueño de mi madre, parecía como tres días de lluvia después de un sol primaveral de cuatro semanas.

—¡Oh, qué crecida estás y qué bien, *ma nièce!* —comenzó diciéndome.

—Sí, ha crecido mucho —corroboró mi madre—, pero (aquí le dijo algo al oído a mi tía) el conocimiento de su naturaleza se extiende ya hasta el trópico de Cáncer y éste, su señor preceptor, ya ha estudiado física con ella.

—*Est-il possible!* —exclamó la tía cogiéndose las manos.

Gervasius se puso rojo como un tomate, yo bajé los ojos, también me sonrojé y Karoline jugaba con el lazo de su vestido.

—Desearía, hermana —dijo mi madre, compadeciéndose de la turbación de nosotros tres—, hablar a solas contigo. Ten la amabilidad de mostrarles al señor y a mi doncella sus habitaciones; esta vez me quedaré bastante tiempo en tu casa y te dejaré mucho dinero.

—Enseguida, hermana; serás servida —respondió aquélla, tocó la campanilla, dio las órdenes pertinentes al criado que acudió, y Gervasius y Karoline salieron de la habitación con él.

—Imagínate, hermana —comenzó a decir mi madre—, mi Malchen está absolutamente convencida de que sólo ha nacido para divertirse y los pocos conceptos que le he dado sobre el dolor no han dejado en ella la más mínima huella.

—¡Oh, pero, *mon enfant* —repuso mi tía—, esto no está bien! En el mundo el placer vive en el tejado, con los gorriones, que vuelan cuando mejor se encuentran; el dolor, sin embargo, es como el perro encadenado en el patio y constantemente debe morder o ladrar.

—Quiero dejar a Malchen aquí —prosiguió mi madre—. ¿No conoces por aquí una institución para muchachas de su carácter, digamos, donde el placer esté de vacaciones y la continencia esté al acecho día y noche?

—¡Hummm! Hermana, la podemos llevar a Madame Chaudelüze, allí aprenderá las cosas que no gustan y no tendrá tiempo ni ganas de lamentarlo.

Al oír hablar así a ambas, me cogió tal pánico, que no pude reprimir mis lágrimas.

—¡Eh! Pero no te pondrás a llorar, *mon enfant* —me consoló mi tía—, ¿no has leído todo lo que sufrió san Pablo Apóstol, y era un santo, mientras que tú sólo eres un aborto de viles placeres?... *Ma soeur*, si quieres, nos podemos llevar a la pequeña inmediatamente.

Al oír estas palabras preñadas de malos augurios, me arrojé a los pies de mi madre; pero en ella había tan poca compasión como en el rostro de mi tía.

—De acuerdo, Jettchen —respondió mi madre ordenándome que me levantara.

Obedecí llorando y las dos satánicas mujeres me cogieron entre ellas y me arrastraron al coche, que todavía estaba ante la puerta, salimos otra vez de la ciudad y nos dirigimos hacia una pequeña finca que, a una cierta distancia de Teschen, mi tía mostró a mi madre, cuya noble sencillez, que se descubría al verla de cerca, me hubiese cautivado si el estado de ánimo en que me encontraba, como un embrión sumergido en aguardiente, me hubiera permitido echar más de un vistazo hacia todo lo que me rodeaba.

Una mujer alta y bella nos recibió, al bajar del coche, junto a la puerta de la casa, y después de algunos saludos mutuos, nos condujo a un salón, en el que media docena de muchachas jóvenes se entretenían bordando y dibujando.

—Madame Chaudelüze —comenzó mi madre en francés.

Mi tía le dijo en voz baja a la directora de la Fundación de Eros, que sonreía pícaramente:

—Pues mi hija desea aprender algo, pero antes quiere conocer el dolor que, aunque ella no lo pueda creer, domina más nuestro cuerpo que un guante de piel el frío.

Madame Chaudelüze sonreía y me miraba; yo bajé los ojos y me puse a llorar.

—Sí, Madame —dijo mi tía—, desearíamos

que pudiera ser en nuestra presencia y ahora mismo.

Madame Chaudelüze sonreía, se dirigió hacia donde estaba una de las muchachas, tomó unas tijeras y me hizo señas de que me acercase.

Temblando me dirigí a ella. Mi madre y mi tía se habían sentado. Madame Chaudelüze me apretó entre sus rodillas, me ladeó la cabeza y dijo:

—Niña, ahora voy a cortarte la nariz.

—¡Dios misericordioso! —grité, me solté violentamente y caí medio desmayada al suelo.

—¡Avergüénzate, Malchen! —gritó mi madre enojada—. Todo tu cuerpo es dolor, ¿y tú no quieres soportar el pequeño de una nariz cortada?

Madame Chaudelüze me levantó del suelo y me puso a la fuerza entre sus rodillas.

—¿Todavía no has oído ni leído —me preguntó— la historia de aquella mujer que, al enterarse de los males que su belleza había provocado entre el sexo masculino y el femenino, ella misma se laceró y mutiló el rostro? ¿Ni la de aquel joven al que una muchacha lasciva quería inducir, forzándole, a la lujuria y que prefirió arrancarse la lengua con los dientes antes que acceder a su voluntad?

—Sí, niña, puedo confesarte —terció mi madre— que estoy celosa de tu bonita nariz y con esto exijo una prueba de tu amor hacia mí.

—¡Madre! —grité, alzando las manos hacia ella—, ¡le ruego por el amor de Dios, que también me hubiera podido crear sin su intervención, que no me martirice con una broma tan horrible!

—¡Malchen! —gritó mi tía, mientras se llenada de rapé sus dos orificios nasales—, tu madre lo dice totalmente en serio.

Pero en este momento todas se echaron a reír y una de las jóvenes discípulas, la señorita von Grollenhain, soltó una tan sonora carcajada, que nos hirió los oídos.

—Ya veo —prosiguió la señora Chaudelüze— que con lo de cortar la nariz no llegaremos a ninguna parte, y las orejas sólo se les cortan a los ladrones, los ojos sólo se les sacan a los traidores a la patria y sólo se les vierte plomo líquido en las ávidas gargantas a un Craso[1] *(notas numeradas en pág. 169)* y a todos los avaros. Tus cinco sentidos no nos servirían, pues, para que tú experimentaras directamente el dolor. Voy a ver si esto se puede realizar de una manera menos costosa pero que también sirva para que tu madre se reconcilie con tu belleza. Eregine, vaya a mi alcoba y tráigame la palangana de plata, la lanceta y la venda para sangrías, que están encima de mi tocador.

Eregine, una figura delgada y blanca como la leche, de cabello negro como el azabache y con unos pechos como Hebe, se deslizó hacia la alcoba y volvió enseguida con los objetos solicitados. Yo estaba como la mantequilla al sol, me deshacía en lágrimas y temblaba como un azogado. Madame Chaudelüze hizo señas para que se acercaran a Rosalie, la de la sonora carcajada, y a otras dos. Las tres se pusieron delante suyo; de repente Madame Chaudelüze se puso en pie, me apartó hacia un lado y le dijo a Rosalie en un tono servero e imperioso:

—Rosalie, usted debe morir.

Rosalie, que debía conocer mejor que yo los humores de su maestra, respondió:

—Madre, si mi muerte puede serle útil, tome mi vida.

—¿Qué significa útil? —le espetó la severa—. ¡Usted está a mi merced, me fue confiada y tengo pleno derecho sobre su vida y su muerte. Usted debe morir. Recójase!

Y dirigiéndose a las dos hermanas que estaban junto a Rosalie, les dijo:

—¡Cogedla!

La rodearon las dos con la mano derecha y Madame Chaudelüze les quitó sus pañoletas.

—Y a la primera que abandone a Rosalie en sus últimos momentos, le clavo este puñal en el pecho.

Las muchachas palidecieron ante la seriedad de la severa institutriz, pero obedecieron y apretaron tan fuertemente a la asustadísima Rosalie, que lo único que podía mover eran los muslos y los pies.

—Levantadle las ropas hasta el ombligo —ordenó Madame Chaudelüze.

Ellas se resistían.

—Rápido, o... —Aquí acarició con el puñal uno de los pechos.

Entonces las muchachas obedecieron.

En un momento las ropas de Rosalie fueron levantadas hasta el ombligo y sujetadas bajo el pecho.

—Bien, señoras, ahora pueden acercarse —dijo Madame Chaudelüze a mi madre y a mi tía—, y observar cómo castigo la maldad.

Mi madre y mi tía se levantaron y se me colocaron una a cada lado. Chaudelüze tomó la palangana y la lanceta y me hizo señas para que me acercara.

—Tome usted, niña, esta palangana y sosténgala fuertemente aquí. Rosalie, separe sus muslos. No se avergüence de su belleza; avergüéncese de su falta de educación, si puede.

Rosalie separó sus temblorosos muslos y todas las allí reunidas, excepto Chaudelüze, exclamaron:

—¡Por Dios, tan bonito y tener que morir! ¡Por Dios, por Dios!

Yo debía sostener la palangana debajo de las vergüenzas de Rosalie, Chaudelüze tomó la lanceta y de un solo pinchazo, justo encima de los labios bermejos como una rosa en el todavía poco poblado monte de Venus, hizo brotar la sangre, de un rojo púrpura, de Rosalie. Las rosas de sus mejillas fueron perdiendo color y su espanto creció de tal modo, al ver fluir su sangre (cuya visión fue también horrible para las espectadoras), que al momento cayó en un benéfico desmayo.

Cuando Chaudelüze vio que Rosalie se había desmayado, dijo:

—Basta, puede que esté muerta. Mi voluntad es mi ley; Malchen, ponga la virginal sangre vertida encima de la mesa y déme la venda.

Yo obedecí, Chaudelüze mantenía cerrada la herida con sus dedos y luego la vendó de la forma adecuada y, ya que Rosalie, tanto por la pérdida de sangre como por el desmayo se hallaba en un estado tal que parecía estar muerta, no ofreció ninguna dificultad y requirió menos habilidad que si la castigada se hubiese mantenido consciente. Después de haber sido vendada, las dos amigas tuvieron que colocarla en el sofá y taparla.

Pero ahora me tocó el turno a mí.

—Malchen —comenzó la astuta Chaudelüze—, usted ve la obediencia de mis subordinadas y de usted exijo la misma, tanto para su propia enmienda como para reconciliarse con su madre, que quiere enseñarle lo que es el dolor.

Yo seguía llorando, mientras las otras muchachas, sentadas sin decir ni pío, trabajaban sin levantar la vista. Chaudelüze colocó una pequeña silla en medio de la habitación.

—Malchen, tiéndase sobre esta silla. ¡Rápido!

Yo titubeaba.

—¡Malchen! —gritaron enojadas mi madre y mi tía.

Obedecí. Chaudelüze se fue a su alcoba y apenas había salido de la habitación, se abrió la puerta y entró un hombre delgado.

—¡Su sirviente, el señor Piano! —exclamó una de las muchachas.

—Su más rendido servidor —respondió Piano—. ¿Qué danza hay que tocar? —preguntó; pero antes de que pudiera hacer otra pregunta, apareció Chaudelüze con una terrorífica palmeta.

—¡Qué bien que haya venido, maestro Piano! —le dijo—. Descúbrale el trasero a esta muchacha, que conozca sus notas *a posteriori*, tal vez con esto inventará usted una filosofía de la música.

—¡Hummm, Madame! —exclamó el consternado profesor de música—. Las teclas de la naturaleza propiamente no deben ser pulsadas, ni golpeadas, pero en este caso se pueden matar dos pájaros de un tiro, el pulsador y la nota pulsada se pueden satisfacer juntos, le serviré con sumo placer una *Ouverture Stemperare*.

Sentí que la mano del fogoso compositor se deslizaba entre mis rodillas y, suave y prudente, alzaba mis faldas y mi camisa, manteniéndolas en alto.

—Pero, *mia cara*? —preguntó el levantador—. *Allor che fur gli ampli cieli stesi* (alzó todavía más mis vestidos, se inclinó y me dio dos besos, uno en cada nalga, que me hicieron mucho bien). *Allor!* Todavía no había planetas ni cometas, por tanto...

—Diga usted lo que quiera, Piano, pero me mantengo en mi *forte,* ¿no les parece señoras?

—Naturalmente —respondió mi madre—, Malchen, levanta más tu trasero, tiene un magnífico aspecto, merece que se le dé en el blanco.

—Una muy bella hendidura entre sus nalgas tiene esta encantadora criatura —repuso el atento Orfeo—. ¡Qué lástima que la cola de un cometa de abedul destruyera esta bella superficie! ¡Ah, *Signora*! Haga caso de mis argumentos.

—Non, mon Ami!

> *Les rapides éclairs*
> *Par les vents et par le tonnerre*
> *N'épurent pas toujours*
> *Les champs et les airs.*
> *d'après* Voltaire[2].

«Ainsi, Mademoiselle! Vite! Vite! Haussez votre beau cul!

Yo obedecí, lo levanté y recibí el primer palmetazo, que fue tan vigoroso que me hizo soltar un grito agudo; a éste le siguieron implacables otros veinticuatro; ensangrentada me volví hacia la severa institutriz, entre la obertura del maestro Piano y los sorprendentes períodos del penetrante *forte*. Mientras, yo aguantaba heroicamente los palmetazos. Piano había desabrochado sus pantalones y me mostraba un martillo templador de un tamaño tan extraordinario y de una probable habilidad para obtener todos los sonidos posibles, que durante la ejecución yo me iba restregando los muslos, uno contra otro, y seguro que hubiera llegado a la cumbre de la voluptuosidad, si en esta ocasión el dolor no hubiera vencido.

Ninguna de las muchachas miró la escena, todas ellas estaban absortas en su tarea y Rosalie todavía yacía con su aspecto cadavérico.

Al recibir el séptimo palmetazo lancé un grito agudo y seguí así hasta el último.

—¡Ah, Madame! —exclamó entonces Piano y violentamente me bajó la camisa y las faldas—. Ah, Madame, ésta fue una *prima* excesiva para esta pobre pequeña, una coma distónica o pitagórica, innecesaria en cualquier acordeón y menos todavía en este pequeño monocordio, *in filza questa riflexione a fine,* porque seguramente tengo ante mí a la artista de este monocordio y me gustaría presentarle mi martillo templador para su examen.

Mientras Piano iba diciendo esto a mi madre, la tomaba de la mano, la conducía hacia una ventana, le levantaba las faldas y la enagua y la inducía a que con sus manos templase el más bello teclado de la naturaleza humana, hasta llegar finalmente a introducir el templador en la caja de resonancia. Madame Chaudelüze, con la ayuda de dos muchachas, me levantó y me hizo apoyar en la mesa; luego me lavaron las ronchas producidas por los palmetazos con un bálsamo curativo, tan bruscamente como si yo fuera una yegua joven, en la que se hubiese cebado la *Hyppobosca equina,* el *culex equinus,* y el caballerizo, con hábiles manos, quisiera que su piel recobrara el brillo.

—¡Ah! —gritó mi madre, manteniendo una digna actitud, desnuda hasta el ombligo y con la parte superior del vestido abierta, ante el órfico amoroso o, mejor dicho, la vieja hidráulica del organista retozón—. ¡Señor, no sé qué hacer! ¡Madame Chaudelüze, me da una horrible vergüenza!

—Comment, ma Chère? —repuso Chaudelüze. Fue hacia ella y sacó por la ventana la parte posterior de sus faldas y de su enagua—. *Comment!* ¡Avergonzarse!

¡Qué extraños fenómenos de la naturaleza y la educación! Nos avergonzamos y aprendemos a avergonzarnos metódicamente de todo lo bueno, natural y bonito, mientras nos adaptamos, día a día, de la manera más respetable a nuestra propia suciedad y ruindad. Es imposible imaginarse un vicio que en la sociedad humana no haya sido cultivado hasta el extremo, sin el menor pudor, e incluso algunos de ellos han sido bien recibidos como parte integrante de la estética y del refinamiento de las formas sociales, de tal manera que uno debería avergonzarse de no cultivarlos; únicamente nos avergonzamos de la cultura de la voluptuosidad sensual.

—¡Ah, ah! —gemía en este momento mi madre apretando fuertemente los muslos.

—Ah —exclamó Chaudelüze, creo que citando el Tasso, *«nel cuor dell' Asia scocca, il Bavarico strale!»*, y vino hacia mí.

Una de las muchachas me aguantaba, la otra estaba arrodillada ante mí y me lavaba, como ya he dicho, pero gemía y temblaba tanto, que yo no sabía qué pensar.

—Fredegunde —preguntó Chaudelüze—, ¿qué es esto? Creía que ya lo había superado todo.

—¡Ah —gimió ésta—, *qui y était vainqueur!*

—¡Vamos a ver, esto no lo tolero!

Le cogió la esponja y se la dio a Claudine, para que siguiera, tendió a Fredegunde en el suelo, la descubrió y separó sus muslos. ¡Cielos, qué es lo que vi! La más bella antorcha de Amor e Himen, el más soberbio testimonio de la nacida de la espuma se levantó hacia el cielo.

—Se burló de mí, cuando hace unos días le previne que no confiara demasiado en sí misma —dijo Chaudelüze—. Las personas siempre queremos ser más y menos que la naturaleza y en el fondo no comprendemos ni sus misterios ni sus consecuencias y esto es malo. Su pretensión merece un castigo. Nada más.

Y sin mediar palabra, Madame Chaudelüze tomó la palmeta, que antes me había lacerado a mí, puso a Fredegunde de costado con el cetro dirigido hacia mí, descubrió el bello y amplio trasero y lo azotó con tal rabia, que Fredegunde se retorcía en el suelo como el demonio bajo los golpes del Arcángel Miguel, dicho en pocas palabras.

Claudine me secó con la toalla y me tapó.

Mi madre pendía exánime entre Piano y la ventana; Rosalie se despertó y comenzó a moverse; Claudine fue hacia ella y le explicó lo peligroso de su situación y mi tía, mientras duró todo esto, iba por la habitación arriba y abajo tomando rapé incesantemente, hasta que al final exclamó:

—¡Ay, ay! ¡Madame Chaudelüze, qué perverso, qué bonito, qué duro, qué real! ¡Ay, ay, ay!

Fredegunde se soltó finalmente con violencia de las severas manos de la Tisífone[3] de la Fundación, le pasó la mano por debajo de las faldas y manipuló con los dedos en la parte más excitable de su cuerpo, de tal modo que de repente dejó caer la palmeta, se apoyó en su educanda y exclamó:

—*Vite! mon enfant! ha! petit héro! Vi-te ...ah! je me... confonds!*— y con muslos temblorosos gozó lo más dulce de la voluptuosidad.

De pronto se produjo un gran silencio. Claudine corrió hacia Chadelüze, que todavía estaba apoyada en Fredegunde, le levantó las faldas y secó con su toalla las partes inundadas por el diluvio.

Os lo puedo asegurar, hermanas, no he vuelto a ver un monte de Venus más bello que el de Chaudelüze, ni siquiera el de nuestra hermana Annunciata.

Pero ahora habíamos terminado y nadie sabía lo que había hecho. Estábamos todas juntas y vestidas decentemente. Claudine había prestado el servicio de limpieza también a mi madre, que ahora me tomó de la mano, me condujo hasta donde estaba Madame Chaudelüze y me presentó, a ella y al resto del grupo, como su hija.

Me preguntaron por mis conocimientos; conté lo que sabía y me aplaudieron y mis compañeras me dieron un beso de amistad y de amor. Pero la que me besó con más ardor fue Fredegunde y no será necesario que os diga que fue un muchacho quien me besó. Enrojecí hasta debajo de la gorguerita, pero pareció que nadie quería darse cuenta; Madame Chaudelüze dijo a Piano en holandés: *«Kinderen die minnen hebben geenzinnen»,* y luego a la única que no había participado en todas aquellas escenas ya olvidadas:

—Eulalia, vaya con Amalie* a su habitación, se la doy como compañera de cama; hasta ahora ha vivido sola, pero esto ha terminado. Somos personas sociables, incluso en el más solitario de los ambientes. Vayan y enséñele luego nuestro jardín y no olvide pedir perdón a Georg por lo que le rompió ayer debido a su atolondrada irreflexión.

Eulalia besó la mano de Chaudelüze, yo hice lo mismo, me despedí de mi madre y de mi tía con lágrimas y besos y me fui con Eulalia.

Nuestras ventanas daban directamente al jardín; Eulalia abrió, estábamos a mediados de julio, y cuando vio a Georg, el jardinero, le llamó y me pidió que la acompañara.

—Georg —dijo al llegar a él—, ayer le rompí un bonito tiesto de porcelana, lo siento; yo bien quisiera restituirle su importe, pero ya sabe que Madame Chaudelüze no lo permite, sino que quiere que sea castigada por mi irreflexión.

Georg se rió y dijo:

—Si Madame lo quiere y usted, señorita, lo quiere, yo estoy de acuerdo; mire, ahí vienen Madame y las demás.

* Amalie es el nombre cuyo diminutivo es *Malchen.* (N. del T.)

—¿Qué tiene en la mano? —preguntó Eulalia.

—Un travesaño de la escalera del jardín que se me rompió bajo los pies cuando yo estaba encima, y me he dado un buen golpe en la boca y en la lengua.

—¡Pues déme mi castigo con esto, Georg, rápido! —Y con la misma rapidez que lo pedía, Eulalia se descubrió el trasero y se tumbó sobre el pedestal de un Júpiter caído.

—No, señorita, así no lo voy a hacer, sería una lástima, con esta piel tan tersa. Si quiere cubrirse con la camisa ya estaré conforme y le daré una docena de palos.

—¡Malchen! —gritó Eulalia—, tápame como dice Georg y tira de la camisa, para que pueda sentir bien los palos.

Yo lo hice y Georg le dio unos palos tan fuertes, que las tiernas nalgas sonaban y Eulalia chillaba a voz en grito.

Mientras esto sucedía, todo el grupo pasó por nuestro lado como si nadie se diera cuenta de ello y acababa de desaparecer de nuestra vista cuando resonó el eco del último palo. Tomé a Eulalia del brazo y seguimos caminando despacio.

En este momento llamaron a Monika, al cabo de media hora volvía a estar sentada en el círculo de curiosas hermanas y reanudaba su explicación:

En los dos años que duró mi estancia allí no me volvió a suceder nada que pudiera compararse con lo del día de mi presentación.

Sólo dos veces al año podíamos, o mejor dicho, debíamos aceptar nuestra naturaleza, el domingo de las bodas de Caná y el Viernes Santo. Pero si en cualquier otro día del año nos sucedía algo así como que a una de nosotras le cayera una aguja en el pecho y se quitara el pañuelo del cuello, dejando ver los pechos descubiertos, o que a otra se le hubiese bajado la liga y al querer arreglársela se le hubiera visto la rodilla o aunque sólo fuese un pliegue de la camisa, enseguida le gritaban: «¿Qué es esto Malchen, Rosalie, Eulalia, etc., no lo puede hacer de una manera más decente?». Entonces la respuesta necesaria era: *«Mon Dieu!, la nature même ne le fera plus modeste»*. Pero entonces gritábamos todas juntas: «¡Esto no se debe hacer! ¡No se debe hacer! ¡No se debe hacer! ¡No se debe hacer!». Y seguíamos así hasta quedarnos sin aliento; especialmente tomábamos un aire censor cuando la acusada preguntaba a su vez: «¿Y por qué no?». Entonces nos poníamos a gritar a más no poder hasta que ninguna oía a las demás y todo se convertía en un mar de carcajadas.

Esto también sucedía sólo una vez al año, el día de san Nicolás, patrón de todos los encubrimientos y enmascaramientos del alma y de la carne. Con ello nos conformábamos, pues pasar por fantasmas o esqueletos en un día así nos atraía tanto como recibir los palmetazos de Fredegunde con el trasero tapado.

El domingo del Evangelio de las bodas de Caná solíamos ir en peregrinación al convento de capuchinos que estaba a unas horas de nuestra Fundación. Vestidas de alegres campesinas, de blanco y rojo, con grandes sombreros de paja y seis pesados cántaros llenos de un suave vino de Burdeos, que le enviaban a Madame Chaudelüze unos parientes suyos y que nos servía de vino de mesa, emprendíamos la peregrinación. El maestro Piano nos precedía con su violín y nos señalaba el camino del convento con el arco.

Ibamos en fila, de dos en dos; normalmente Fredegunde y yo cerrábamos la comitiva y Madame Chaudelüze se colocaba a veces entre él y yo, a veces nos seguía a una cierta distancia.

Al llegar al convento, que estaba situado debajo de la iglesia, acostumbrábamos colocar nuestros cántaros en una capilla lateral, alrededor de un alto crucifijo de piedra y los cubríamos con nuestros sombreros; el maestro Piano colocaba su instrumento de cuerda en los escalones, haciendo una genuflexión, y así entrábamos en la iglesia, atravesando la asamblea de fieles, hasta el altar principal, ante el cual nos arrodillábamos y, tras una breve oración, tomábamos asiento.

La primera vez fue especialmente curiosa: el hermano predicador, en medio de su homilía, lanzó un *Apage Satanas* desde el púlpito, en el momento en que tomábamos asiento, y luego prosiguió:

«Aquí no debemos (yo pensé: ¿así pues allí sí?) lastrarnos con bienes terrenales (y yo acallé rápidamente los prematuros pensamientos que surgían en mi palpitante pecho, al oír:), que nos presionan hacia abajo, hacia la tierra, ni debemos entregarnos a los placeres corporales, que nos hunden en el lodo de la tierra. Nuestra misión es, por el contrario, desprendernos cada vez más de las cosas terrenales, para que nuestros espíritus se aligeren y podamos elevarnos al cielo. Pues los que hayan vivido irreflexivamente en las tinieblas, los que se hayan revolcado en el lodo y en la basura de los placeres, los que se hayan lastrado con bienes terrenales, se sumergirán en el fuego y por el fuego serán lavados y purificados. Pero los que hayan hecho el bien obtendrán, después de ésta, la vida eterna, luminosa y espiritual, y todas las glorias del cuerpo y del alma. Amén.»

En cuanto hubo terminado el culto y la gente hubo abandonado la iglesia, se acercó a nosotros el hermano Eucharius, el predicador, y preguntó a Madame Chaudelüze si le había complacido el sermón.

Madame Chaudelüze, como una buena alemano-francesa, respondió sonriendo que había llegado justamente al *Apage Satanas* y no lo había considerado muy edificante.

El astuto capuchino respondió:

—A esta buena pieza la exorcizamos cada día y no podemos librarnos de ella. La alimentamos ora con pan, ora con pasteles, ora con agua, ora con vino, pero no hay manera de hacerla retroceder. Vea usted, qué aspecto tengo, totalmente abandonado, como un santo del desierto de Tebas.

Y diciendo esto se quitó el hábito y nos mostró sus peludos muslos y sus peludos Horeb y Sinaí con toda su fuerza centrípeta y centrífuga.

—¡Como un bufón! —murmuró nuestro músico mayor apartando la vista de aquel espectáculo enojoso para él, pero muy agradable para nosotras.

A Fredegunde, al ver aquel vigoroso certificado de la aristocracia eclesiástica, los celos le salían por los ojos.

—Ah, pues —le espetó el hermano Eucharius—, no lo voy a decidir yo ahora. Un espantapájaros ha ahuyentado a más de un goloso.

Piano captó la indirecta y se hizo a un lado con Fredegunde.

—¿Y cómo está su prior, reverendo padre? —le preguntó Madame Chaudelüze, tomando su rizada virilidad bajo la protección de sus suaves manos.

—Oh —respondió éste, y sonreía al sentir la potencia de su viejo demagogo—, sigue con su vida de siempre y deja que el demonio vaya gruñendo.

—Pues condúzcanos a él. Usted ya sabe qué día es hoy y con qué ceremonia acostumbra recibirnos desde hace cinco años.

Diciendo esto le soltó su pecado original y el hermano Eucharius le ofreció el brazo y nos pidió que le siguiéramos.

Cuando llegamos al refectorio, encontramos a once hermanos y al prior que estaban reunidos y enfrascados en una conversación. El prior Paracletus era un hombre bello y robusto y nos gustó a todas desde el primer momento. Con el más noble decoro le metió la mano a nuestra institutriz debajo de las faldas y la besó en la boca y en los pechos. Los hermanos nos rodearon, nos llevaron hacia las ventanas, nos levantaron las faldas y nos miraron con sencilla curiosidad.

Les permitimos que nos lo hicieran todo, pues ya sabíamos que no llevarían su osadía más allá.

Mientras sucedía esto, nos fue servida una buena mesa que invitaba a los placeres más necesarios. Aparecieron el señor Piano y Fredegunde y nos sentamos a la mesa.

Madame Chaudelüze hizo traer tres de sus cántaros y el hermano lector tuvo que leer el Evangelio de las bodas de Caná. Cuando llegó el pasaje: «Mujer, ¿qué he de hacer contigo?», el pastor gritó:

—Mujer, ¿qué he de hacer contigo? ¡Mujer, me perviertes a todos los terneros consagrados al Señor!

Tras el pasaje: «Cuando el anfitrión probó el vino que había sido agua...», Madame Chaudelüze pensó que su vino, hecho de vino, también admitía toda comparación con aquél magnífico de las bodas de Caná, con la única diferencia de que en este caso los comensales no estaban ya ebrios de vino, sino de muslos desnudos.

Alegres y festivos, aunque muy decentemente, terminamos nuestro ágape y vaciamos nuestros tres cántaros.

Luego, el prior y Madame Chaudelüze se retiraron y a nosotras nos indicaron que plantásemos unas tiendas de campaña, conjuntamente con los hermanos, y que nos ocupáramos de la cena, que solamente debía consistir en asados.

Los hermanos estaban en el Elíseo, besaban, apretujaban, acariciaban, nos daban palmaditas en el trasero, y todo de una forma tan gentil y agradable, que realmente todas estas manifestaciones amorosas nos impresionaron y ganaron la confianza de nuestros corazones.

Las tiendas de campaña fueron plantadas entre cantos y bailes, en un magnífico prado que se extendía hasta el bosque y estaba rodeado de altas montañas; al terminar, Fredegunde me apartó del resto y me condujo a la espesura del bosque.

—Amalie —comenzó a decir besándome apasionadamente debajo del pañuelo del cuello, que había apartado—, te amo con tal pasión que si no accedes a su satisfacción, el deseo me convertirá en ceniza como a Meleagro[4]. Mira cómo ardo, cómo tiemblo y me estremezco como un perro rabioso, al que el veneno de la perdición ha hinchado ya todas sus venas. ¡Mira, mira!

Se levantó los vestidos (era un muchacho que por motivos determinados se cubría con ropa femenina) y me enseñó lo que yo ya había visto medio año antes, de un tamaño tan halagüeño que me hizo estremecer.

—Fredegunde —le dije yo, temblorosa—, reflexiona, piensa en lo que haces, la deshonra de una virgen sólo es obra de la maldad y la malicia. ¿Has olvidado todo lo que Madame Chaudelüze nos ha explicado sobre la sensualidad y la brutal lascivia, sobre lo bonito y lo verdadero, lo bueno y lo detestable? Por favor... —su mano ya había alcanzado mis muslos desnudos.

—¡No quiero oír, sentir es lo que quiero! Sentir y disfrutar —gritaba Saint-Val des Combes (que era el verdadero nombre de Fredegunde).

En menos que canta un gallo ya había desnudado toda la parte inferior de mi cuerpo hasta el ombligo, me había atado, medio desmayada, a un abedul con mis propias jarreteras y faltó poco para que también esta vez venciera la ley del más fuerte sobre el derecho del más débil, como siempre, si la excitación de Saint-

Val, aumentada al máximo por la visión de mi sexo y por la fuerza que hizo al intentar separar mis muslos apretados, no se hubiera convertido de repente y por suerte en un profundo desmayo. Con un espasmo cayó al suelo y sus excesivas fuerzas juveniles, todavía no experimentadas, le fueron abandonando, de tal modo que creí que iba a exhalar su último suspiro.

Durante unos minutos permaneció inmóvil frente a mí y así tuve ocasión de admirar la belleza y el encanto de aquellas partes que, por su uso innoble y erróneo, son la causa de la perdición de nuestro sexo y de los vicios del carácter humano. Sus muslos estaban totalmente separados, su miembro, que iba retrayéndose hasta su primitiva inactividad, temblaba como una rosa bajo las alas de Céfiro, y el suave y masculinamente salvaje matorral que sombreaba estas partes vitales, me puso fuera de mí. Separé mis muslos, mostré al desmayado todo el espectáculo de mis órganos sexuales y con mis propios dedos grabé el recuerdo de este voluptuoso momento en el sarcófago de toda la potencia masculina.

Fredegunde se reanimó, aunque estaba agotadísimo, y vino hacia mí, precisamente en el momento en que yo había llegado al punto culminante del éxtasis y me contorsionaba como una anguila. Me desató, me besó en la boca y en los pechos, descubrió mi trasero y me palmeó vigorosamente.

—Eres mala, Amalie, mereces... Espera, déjame ver la abertura posterior de tu bonito cuerpo —entonces la buena pieza me separó las nalgas de tal manera, que el ojete se me ensanchó y me produjo dolor.

—¡Déjame, Fredegunde! —le dije enfadada, y le di un empujón que le hizo rodar otra vez por el suelo, como un borracho, y, antes de que pudiera reanimarse, yo ya me había escapado y llegué al prado sin aliento.

Pero allí todo había cambiado. Ya no vi a ningún capuchino, más de veinte alabarderos con sus alabardas estaban en la espaciosa tienda de campaña adornada con sedas y flecos dorados, que cubría una mesa exquisita cuya suntuosidad no tenía nada que envidiar a la del famoso rey Arturo.

Todavía estaba a unos diez pasos de la tienda y a medida que iba acercándome, iba descubriendo su magnificencia exterior; el asombro me hizo quedar de una pieza, hasta que de repente se me acercó un caballero vestido de restaño, con peto de armas y la visera abierta, que daba el brazo a una dama exquisitamente ataviada.

—¿Dónde habéis estado, señorita? —me preguntó con voz severa el caballero—. La duquesa, vuestra madre, estaba muy angustiada por vos, y ¿qué aspecto tenéis? ¡Por san Denis! ¡Qué formas son éstas! ¡Dejadme que os vea, acercaos!

—Y bien, Kunigunde —añadió la duquesa—, qué haces ahí tan callada? ¿Es que ya no nos conoces? ¿O es que tal vez tu tío Karl y yo debamos alabar que tú vayas de incógnito?

Yo no entendía nada, pero de alguna manera me parecía intuir que me querían poner algo a tiro. Así pues, me decidí prontamente, fui lentamente hacia mi ducal madre, que había caído del cielo o ascendido de los infiernos, y hacia mi tío de mirada centelleante, me arrodillé e incliné mi rostro hacia el suelo.

—Sois mala —dijo ahora el duque suavemente, se inclinó también sobre mí y con delicadeza me levantó las faldas y la camisa—. Esto merece su castigo. Estas ropas de campesina, que no son apropiadas para una princesa de sangre real, y este pequeño y gentil trasero que, con sus agradables encantos, hoy se nos quiere escapar.

La dura mano del señor duque me palmeó de tal modo que ciertamente mis dos nalgas tuvieron que arder como el fuego.

Pero esto no fue todo lo que el duque había dispuesto para mí; llamó a dos pajes que me cogieron por las piernas y me pusieron cabeza abajo, como si fuera uno de los *Bijoux indiscrets* de Crebillon, sujetándome en alto, con lo que seguro que quedaba como la figura más lasciva del mundo. Mis vestidos me caían sobre el rostro y mi vientre, regazo, muslos, trasero, en una palabra, todo, relucía a los rayos del sol crepuscular, que, como una bola de fuego, brillaba por encima del bosque y quería despedirse en breve.

La duquesa Mathilde, mi nueva madre, se me acercó, me separó los labios y el duque Karl echó el contenido de un frasquito en mi seno, que me corrió por todas las venas y encendió en mí unos furibundos ardores.

En este preciso momento sentí que en mí se producía una transformación. Con un suspiro de alivio los pajes me devolvieron a mi posición habitual, con la ayuda del duque, y al volver a estar con los pies en el suelo me di cuenta de que por lo menos había crecido dos pies y llevaba un vestido de una magnífica tela plateada y cuyo blanco escote, que me dejaba totalmente al descubierto los pechos y la espalda, me daba todo el aspecto de una dama de la época medieval.

—¡Ajajá! —exclamó el duque con una amplia sonrisa—, ahí tenemos a la señorita Kunigunde tal como debe ser. Déjame ver, muchacha, si debajo del vestido también está todo en orden como por encima.

—¡Levántate el vestido, niña! —ordenó la duquesa Mathilde.

Obedecí y me levanté el vestido.

—¡La camisa también! —dijo el duque con voz de mando.

Yo lo hice y entonces los pajes me sujetaron y el duque fue a la tienda a buscar a un caballero cubierto con una coraza de plata, que no llevaba otra cosa encima que la piel que le dio Nuestro Señor, que, como sabéis, fue la que Adán lavó por primera vez. Antes de que pudiera observar su lanza, ya la había enristrado y avanzaba arrolladora en busca de mi indefenso corazón, con tal fuerza que éste enseguida cambió su forma y anunció con señales sangrientas su destrucción. Durante el torneo los pajes fueron tan corteses que me descubrieron también la retaguardia y además iban apartando cuidadosamente de la vista de los delicados espectadores cualquier signo de destrucción de las partes heridas.

Mi caballero embistió tres veces, pero después de la tercera batalla declaró ante todos los espectadores, parafraseando a Gustav Adolph tras la batalla de Lützen, que ya tenía suficiente y realmente su lanza se encontraba en un estado completamente inservible.

—¡Bien! —exclamó el duque—, si ya hemos llegado a este punto, ahora podemos deleitarnos con la comida y la bebida y luego seguiremos nuestra marcha hacia el país de los húngaros. A Siegmund le he prometido una visita y vos, caballero Charibert, haréis bien en ahorrar vuestras fuerzas hasta que nos enfrentemos a los turcos.

El caballero Charibert besó la mano respetuosamente a Mathilde y a Karl, yo dejé caer mis vestidos, después de que los pajes me hubieran limpiado y lavado cuidadosamente de todo pecado original, tomé el brazo que me ofrecía Charibert y nos dirigimos a la tienda.

El crepúsculo comenzaba a extender su manto por la campiña, el bosque se teñía ante nosotros de un color gris ceniza como la peluca del maestro luterano de Troppau y el sol, al caer, encendía unos fuegos de artificio como yo no había visto jamás. En la tienda todo brillaba de oro y plata; un trovador se esforzaba cantando la canción del conocido Burmann de Leipzig:

Todavía no trina el ruiseñor
Ni rompe la codorniz a cantar
Mas yo exclamo con mi voz de tenor:
¡Posadero, queremos copear!

Y nos sentamos entre grandes risas alrededor de la mesa.

¡Por Dios, no os podéis imaginar lo que allí nos esperaba!

¡Todo eran asados, todo eran asados! ¡Asados de todos tipos! Ningún diente mordió en hierro, las bocas no paraban y la variedad de los asados era tan sorprendente, que no sabíamos cuál era el manjar que primero queríamos degustar en honor de Cotis. El vino no escaseaba, las copas de plata eran rellenadas constantemente con el vino de los otros tres cántaros de Madame Chaudelüze, que estaban en un rincón, y no hacíamos otra cosa que comer y beber.

Mientras saboreábamos este espléndido banquete de forma caballeresca, el viejo trovador, con una capa de pieles y pantalones húngaros, cantó la siguiente balada, acompañándose al birimbao:

El espíritu del castillo al caballero
cuando el caballero a su dama dormida
mira bajo la camisa.

(Una leyenda de la época de los Hohenstaufen)

¡Caballero, enristra la lanza!
¡No quieras ser tu propio enemigo!
Abre con tu valor y tu ansia
De sus muslos la gloria y postigo.

¡Caballero, enristra la lanza!
Si no haces blanco en un venado,
Será superior la pitanza,
Si en virginal orificio has dado.

¡Caballero, enristra la lanza!
Penetra atrevido en el templo
Y sin interrumpir tu danza,
Oirás del enemigo el resoplo.

¡Caballero, enristra la lanza!
Si se resiste, en un santiamén
Le alzas la ropa hasta la panza,
Así lo hacen los Hohenstaufen.

Según iban disminuyendo manjares y bebida, en la medida en que aquéllos encontraban su nueva ubicación en nuestros estómagos y el vino en nuestras cabezas, se iba produciendo la transformación en nuestro estado actual. Todas las personas que no formaban parte de nuestro círculo fueron desapareciendo con los objetos preciosos que nos habían rodeado, y en cuanto hubimos terminado con todo, estaban ya los padres capuchinos con Madame Chaudelüze y sus discípulas en total inactividad, inmóviles, tendidos en la mullida hierba que cubría el interior de la tienda.

No pasó mucho tiempo antes de que nuestros ojos se ensombrecieran totalmente y el cielo quedara absolutamente oscuro. Los relámpagos rodeaban la tienda como un enjambre de bolas de fuego y, tembloroso, el señor Piano tocaba su violín a la noche. Cuando la tormenta estaba justamente sobre nuestras cabezas, todos nosotros dormíamos profundamente y al despertar a la mañana siguiente, cansados y pesados, no sabíamos en absoluto si habíamos visto el Santo Sepulcro vivos o muertos.

El prior Gerundio Paracletus se incorporó sobre sus posaderas, se frotó los ojos y miró a Madame Chaudelüze bajo la camisa, ya que ésta se encontraba en una situación extremadamente insegura ante toda la comunidad desde la insinuación del día anterior; sus muslos, separados y algo levantados, dejaron al descubierto aquel lugar peligroso que todavía ha adjudicado a Minerva algunos pupilos *sain et sauf*. No pudiendo, el prior, convencerse totalmente de su peligrosidad, buscó la manera de apartar los lugares placenteros de la vista de la concurrencia; y antes de que todos los demás, atontados y soñolientos, intentásemos ponernos en pie, el prior, ante los primeros rayos del crepúsculo matutino, ya había gozado un momento de los que proporcionan renovada energía vital.

Cuando los reverendos padres vieron que el prior se decidía a cantar maitines entre los blancos y aterciopelados muslos de nuestra profesora, nos llevaron a todas a un rincón de la tienda, nos hicieron arrodillar, nos echaron faldas y camisa por encima de la cabeza y nos ordenaron que escuchásemos con los traseros al aire lo que no necesitábamos entender. Fredegunde se vio obligado a ponerse en el rincón frente a nosotras, aguantando sus ropas en lo alto, y a hacer lo que no podía dejar de hacer.

Los padres se colocaron luego ante el prior, que estaba muy ocupado con su escapulario, con el rostro hacia nosotras, cantando al unísono y realmente muy bien, mientras levantaban sus hábitos, un pasaje del «Officium defunctorum benedictale»: *«Pelle meae - consumptis carnibus ad - haesit os meum»*. Entonces despertó la penitente debajo de su corrector —como pude ver de reojo— y sus nalgas se elevaban tan majestuosamente bajo aquel himno carnal, que de perfil parecían el gordo Júpiter entre sus satélites. El señor Piano había tomado su violín de madera y acompañaba el *«et derelicta sunt tantummodo labia circa dentes meos»*.

Y el prior intervino declamando jadeante:

—*Miseremini mei, miserere-remini-mei, saltem vo-s, ami-ici-mei, quia ma-anus Do-o-mini teti-ti-titigit me.*

Y aquéllos prosiguieron:

—*Quare persequimini me sicut Deus et carnibus meis saturamini?* —A lo que el prior, en los últimos esfuerzos, preguntó:

—*Quis mihi tribuat, ut scribantur sermones mihi?* —y luego enmudeció.

—*Quis mihi det?* —siguieron preguntando en su nombre los padres, mientras aquél se dedicaba a la contemplación de los encantos de Mathilde—, *up exarentur in libro stylo ferreo et plumbi lamina? Vel caelo sculpantur in silice?*

—Amén —entonó el prior y besó el palpitante trasero de su sóror, a la que no se le habían contagiado las lamentaciones de Job, y los otros contestaron: «Amén».

El prior se puso rápidamente en pie, alzó a Madame Chaudelüze y, levantándole el vestido, dijo:

—Bien, mi bella Marpessa[5], ¿no le gustaría colgar pronto este arnés en el templo de Minerva y cambiarlo por una túnica de virgen vestal?

—No, no —respondió ella—, primero he de cuidar a mis ovejas, luego *fiat pax in virtute mea* —y diciendo esto le golpeó la mano al prior con tal severidad, que éste tuvo que dejar caer el vestido.

—¿Y nuestro Carelao? —preguntó dirigiéndose a Fredegunde.

—Este se queda donde yo estoy —fue la respuesta.

Nuestra situación comenzó a ser cada vez

más penosa y cuando nos disponíamos a salir de ella, se me acercó el hermano lector y me dijo:

—¡Espera, bella hermana del amor, del placer y de los dolores! Primero dime: ¿Quién es el más mísero de los nacidos de mujer?

Yo respondí:

—Job debe haberlo sido.

—No, niña, no; es aquél que tiene la desgracia de haber nacido sin brazos y sin piernas. Dime otra cosa: ¿Quién es el más feliz de los hombres?

Yo dije:

—El más satisfecho.

—No, niña, no; es aquél que ha perdido la razón —todos aplaudieron—. Y ahora dime la tercera y última: ¿Cuántas son veinticinco?

Yo callé.

—Ah, ¿no lo sabes? Pues por no saberlo deberás recibir veinte y cinco.

Y con esto sacó una disciplina y como *Doctor optime* me dio veinticinco golpes tan fuertes que yo gritaba como una poseída, mientras las otras se dejaban palpar por delante y por detrás y se dejaban acariciar y, para mayor escarnio, se reían a carcajadas. Cuando el hermano lector hubo terminado, el Signor Piano me tomó compasivamente de la mano, se puso delante de mí y, acompañándose al violín, cantó:

Qual nuvol grave e torbida
Sulla tua fronte accolto
Copre ilseréno, o Fillida,
Del tuo leggiadro volto?

—¡Déjeme en paz! —respuse yo enfadada y le aparté hacia un lado—. El hermano lector me ha dado una lección que no olvidaré en catorce días.

—*Pauvre enfant* —intervino Chaudelüze—, me das pena, pero sabes muy bien que tu madre te confió a mí bajo la condición de que te hiciera conocer el dolor. ¡Ahí lo tienes!

Yo callé, las hermanas me rodearon, Gerundio besó otra vez su presa y luego nos dispusimos a regresar con los cántaros vacíos.

Piano iba tocando y cantando:

Si el cántaro se rompe,
¡Una cambia de cariz!
Cuando ya se ha roto,
Se está a punto de parir,
¡Se está a punto de parir!

Me callé como una muerta, pero las otras le coreaban alegremente.

Esta fue la celebración, hermanas, de las bodas de Caná. El Viernes Santo lo celebrábamos de otra manera. Pero antes de explicaros lo que hacíamos, os quiero contar la historia de Saint-Val des Combes, la simulada Fredegunde, tal como la aprendí, hasta sabérmela de memoria, de tanto oírla contar y de leerla.

Cuando llegamos a casa, cansadas y agotadas de cuerpo y espíritu, fui con Eulalia y Fredegunde a nuestra habitación y como lo que yo más podía desear, después de los memorables acontecimientos de este par de días, era descanso, me desnudé enseguida y me metí en la cama; Fredegunde quería buscarme las cosquillas, pero yo le rechacé con decisión. Enfadado por ello, cogió a Eulalia, la tumbó a los pies de mi cama, la descubrió y satisfizo su deseo dos o tres veces seguidas; luego se metieron en mi cama, después de haber pedido té con bizcochos, y Saint-Val me dijo:

—Os soy deudor de la historia de mi vida, Amalie. Me habéis conocido carnalmente y ahora os quiero mostrar tanto de mi alma como se puede ver del prepucio de un incircunciso.

»No soy, ni mucho menos, un pecador tan grande como el emperador Basilius, que ordenó sacar los ojos de quince mil búlgaros. No creo haber desvirgado ni a cien muchachas, y a pesar de ello el diablo me atormenta a menudo y me presenta, ante el espejo de mi conciencia, tales hechos naturales como si fueran pecados mortales y entonces no se me ocurre nada mejor que palpar por debajo de la camisa a la primera que se me pone a mano, en busca de absolución.

»Si contemplo la historia universal, me gustaría pisotearla, en cambio no hay ni una muchacha bonita que pueda acusarme de haberle hecho algo parecido: de ello deduzco que una muchacha bonita vale mucho más que toda la historia universal y pongo todo el Vilaine, a cuyas orillas tantas veces me deleité y en cuyas aguas me purifiqué, contra mi propia *Méchanceté,* si no es cierto todo lo que digo.

Tercera parte

La simulada Fredegunde cuenta su vida a Monika

Yo era el más joven de cinco hermanos, dos muchachos y tres muchachas. Desde pequeño tenía una fuerte tendencia a la soledad y ciertos sentimientos, que suelen presentarse con más fuerza en los primeros años de la adolescencia, acaparaban mi fantasía con imágenes e ideas constantemente renovadas.

Mi padre era el administrador de la hacienda Travemorte, una de las extensas propiedades que, cerca de Rennes, poseía la señorita von Sarange, una de las más ricas herederas de aquella comarca.

El cultivo de los grandes prados y campos de trébol y el cuidado de los árboles frutales nos ocupaban a todos un año tras otro y nuestras cerezas gozaban de buena fama en la vecina Rennes.

Mi hermano, a los doce años, se fue de casa porque mi padre le azotó en el trasero desnudo en presencia de las hermanas y algunas viejas, y nunca he vuelto a saber de él.

Mi hermana mayor se fue a la ciudad, a casa

de un clérigo rico, y en la época de la cosecha de cerezas nos visitaba a menudo.

Manon, Madelaine y yo permanecimos con nuestros padres.

Todas mis hermanas eran bonitas, pero su belleza no me impresionaba. Las había visto desnudas, en nuestros imprudentes juegos les había levantado las faldas y la camisa de la forma más atrevida, pero nunca me sentí excitado. Los lazos de la sangre habían vertido la fría trivialidad sobre sus encantos y no había ningún sentido capaz de hacerla desaparecer.

Lo que no advertía en mis hermanas, lo sentí doblemente en cualquier hembra que se me acercara; y, si quisiera contarte todas las pequeñas anécdotas del ámbito de la sensualidad de las que he sido protagonista, no terminaría nunca.

Cuando contaba trece años, en la época de la siega del heno, mi padre me mandó a Rennes, con una suma respetable, para pagar el arrendamiento a la señorita von Sarange, de la que se decía que estaba prometida. No muy lejos de Vitry, en un agradable valle poblado de álamos y hayas, me encontré con una encantadora muchacha que dormía tendida en la yerba. Un gran sombrero de paja le cubría la cara y un movimiento que hizo en sueños dejó a la vista su rodilla izquierda por encima de su liga gris. Su visión hizo que una chispa recorriera todas mis venas y el primogénito de mi fuerza estaba ya preparado para el combate, antes de que yo hubiera divisado el campo de batalla.

¡Aquí, Camille!, me dije a mí mismo, aquí has de tener tu primera aventura y, sin pensarlo mucho, me agaché y le miré a la gentil Cephise debajo de la faldita corta; la envidiosa camisita cubría sus apretados muslos y lo que yo quería ver apenas se delató por un pequeño movimiento que hizo la durmiente. Le puse la mano por debajo de la camisa y una leve contracción de sus muslos me dio ánimos para la victoria. Con sumo cuidado levanté sus pequeños piececitos y observé, entre las graciosas nalgas, la más bella mariposa rosada *(Lithosia rosea)* que nunca haya visto mi voluptuosa fantasía.

Todavía me extasío cuando pienso en el primer placer total de mi vida sensual. Tomé mi pañuelo, lo extendí encima del lienzo movido por el céfiro, coloqué cuidadosamente sus tiernas carnes bien abiertas, descubrí a la todavía durmiente hasta el ombligo y culminé mi tarea sin la más mínima dificultad.

Hasta este momento no despertó la gazmoña, y comenzó a llorar y a gesticular con tales aspavientos, que en mi angustia no se me ocurrió otra forma de consolarla que abrir mi bolsa y echar en su regazo unas monedas de oro, de las que llevaba para pagar el arrendamiento. Esto pareció calmar sus lágrimas.

Le pedí que me ofreciera otra vez la visión de sus encantos y que me permitiera contemplar su mariposa también desde detrás y, sin esperar su respuesta, le levanté sus ropas, la puse boca abajo, le separé sus muslos y comprendí de una vez por todas lo que sólo enseña la madre naturaleza; y la muchacha tampoco se perdió una sílaba de ello y suspiraba profundamente expresando un sentimiento de total embeleso.

Le pregunté su nombre a mi pequeña y me

dijo que se llamaba Fanchon, que era de Vitry y que iba a visitar a su tía que vivía a una hora del lugar donde la había encontrado, en casa de una viuda noble. La volví a besar, la volví a acariciar y le prometí visitarla en mi viaje de regreso; me dijo dónde vivían ella y sus padres y que me inventara alguna excusa para poder entrar en su casa sin levantar sospecha.

¿Y qué vas a hacer ahora, Camille? me pregunté a mí mismo al reemprender el camino acordándome de mi esplendidez y pensando en la calamidad que, por ésta, se me venía encima.

Después de mucho cavilar, se me ocurrió descoser la costura de mi bolsa y dejar caer algunas monedas de oro en el interior de mis pantalones y así, al amparo de cualquier sospecha, presentarme a rendir cuentas ante la señorita von Sarange. Al divisar las torres de Rennes mi corazón latía exageradamente encima del *corpus delicti* inocente; pero a medida que me fui acercando a la ciudad, mi respiración se fue volviendo más natural y al pisar lo peldaños de piedra de la casa de la señorita, sólo le faltaba a mi ánimo la insolencia del mentiroso, por la que debe creer que es verdad su propia mentira.

En el primer piso no vi absolutamente a nadie. Ante mí había un pasillo con una larga hilera de habitaciones. Fui de puerta en puerta espiando por el ojo de la cerradura. Sólo pude ver habitaciones vacías, llenas de muebles, pero en ninguna parte una o uno de sus moradores. ¡Qué rara la gente fina, nunca están en casa, ni siquiera en la suya propia! Finalmente llegué ante una puerta abierta y, ya que por el ojo de la cerradura no podía ver bien lo que había en su interior y mi educación no me permitía entrar sin previo aviso, llamé suavemente con los nudillos. Nadie exclamó: «Adelante». Nadie preguntó: «¿Quién anda ahí?». Volví a llamar. No hubo la más mínima respuesta. Entonces se me acabó la paciencia, abrí la puerta y entré. Era una antecámara. La puerta que vi más allá estaba totalmente abierta. Sin hacer más cumplidos, entré. Me vi en medio de una suntuosa habitación, una hilera de cuadros cautivaron mi atención durante un buen rato; al final me pareció oír un ruido en la habitación de al lado; llamé; abro, ya que nadie quiere contestar; era una alcoba. En mi vida había visto algo más rutilante y majestuoso. Susana y Putifar aparecían desnudos entre espejos de cristal; la ávida Margarita de Anjou bajo los rudos empujones de su jinete; la íntegra y entusiasmada Juana de Arco bajo el gris estandarte del asno de fuego, anhelante del fatal desenlace, adornaban los laterales de un dosel adamascado. La bondadosa Juana, especialmente, mostraba sus firmes muslos tan separados uno del otro, que toda la corrupción del averno existente en la tiesa cola del asno junto con toda la capilla particular de H. Diony hubieran encontrado acomodo en la musculosa barriga.

No podía soportar su visión; ya me había sacado rápidamente mi Minos de los pantalones y me disponía a hacer lo que ya hizo Onán por malicia en el primer libro de Moisés, cuando oí voces. No era mi intención, en absoluto, dejar que me descubrieran aquí, así pues, tomé una pronta decisión y me metí debajo de la cama, con mi consolador todavía en la mano, que no quería dejar su poética posición sin una rima adecuada.

Apenas me hube tendido, apareció la señorita von Sarange del brazo de un canónigo.

—Así pues, mi dulce Beaujeu —le iba diciendo el canónigo— ¿y los pobres esclavos de sus perecederos encantos tendremos que hacernos a la idea de sufrir el suplicio de Tántalo?

—¿Qué otra cosa puedo hacer? —repuso la señorita—. Yo no me encuentro precisamente en el caso crítico, en el que se encontró la prometida de Maximiliano, Ana de Bretaña, que se casó con Carlos VIII; en su lugar yo lo hubiera solucionado mejor[6].

—La Iglesia tiene sus derechos sobre una santa natural, como es usted, mi encantadora Aurelie, y más que Sánchez y Offranville —la contradijo el canónigo—. Y vea usted misma —con esto se desabrochó los pantalones y extrajo la única llave verdadera de la Iglesia—, ¿puede usted comparar lo maravilloso de esta fuerza con algo que lo supere de entre las cosas profanas de la vida ordinaria?

—¡Vergandin! —repuso Aurelie y sus ojos centelleaban—. Ya sabe usted que no admito órdenes, ni del Estado ni de la Iglesia; ni tan sólo de mi amor, si yo no quiero. Pero yo os amo a los dos y lo único que me intranquiliza es el dilema: ¿a cuál de vosotros dos he de dedicarme totalmente, sin perder al otro? Offranville tiene el derecho a su favor, Vergandin, la naturaleza, el Estado organiza los cuerpos. Usted, Vergandin, es caballero de Malta y canónigo, por tanto está perdido para los lazos del matrimonio, Offranville es soldado y funcionario del Estado y en cuanto a tal...

—*Halte là, Ma chère* —la interrumpió el canónigo, cogiendo su hisopo—. Usted es la prometida de la Iglesia.

—¿De veras lo soy? —respondió Aurelia—. Pues demuéstreme sus derechos ahora, aquí mismo, en este reclinatorio. La disciplina, me ha dicho usted más de una vez, es el alma de la Iglesia, yo todavía soy una virgen no profanada, porque mi voluntad así me lo ha exigido hasta ahora, y esta voluntad es la que me acerca más a vos que a Offranville. Mantengo correspondencia con la abadesa de las clarisas de B., que es mi amiga, y quién sabe lo que voy a hacer cuando haya escogido entre vosotros dos. Rápido, pruebe la fuerza de su capacidad de convicción en mi cuerpo y si es tan fácil vencerme, como usted pretende.

Diciendo esto Aurelie le dio a Vergandin un grueso látigo que tenía oculto en el reclinatorio y se arrodilló ante él. Vergandin, sin mediar palabra, le levantó las faldas, se las puso sobre la espalda, le alzó la camisa y comenzó a azotarla. Aurelie presentó su atractivo trasero, blanco como la nieve, al duro instrumento de castigo y de sus labios no salió ni el más leve gemido. A la vista de estos celestiales encantos casi perdí el conocimiento y ni el mismo demonio bajo las cadenas del arcángel puede haber sentido su aniquilamiento con más fuerza que yo en este momento embriagador.

Pero apenas hubo grabado Vergandin unas docenas de latigazos en estas carnales tablas de la ley, que un sonoro «¡Ah!» interrumpió la lasciva ejecución y una espada reluciente brilló en la puerta de la alcoba.

Un oficial, como supe posteriormente, del regimiento Penthiêvre, se enfrentaba, con el rostro encendido, a la fuerza eclesiástica.

—¡Ah, *bienvenu,* Offranville! —exclamó Aurelie; se levantó de un salto, y el canónigo se puso un látigo bajo el brazo y escondió el otro bajo su negra sotana.

—*Vous m'avez vaincu* —dijo Offranville al canónigo—. Usted ha vencido, pues yo apenas he llegado a ver medio pecho de Aurelie y usted —(Offranville se acercó a Vergandin)—, usted está en mi poder, podría clavarle ahora mismo a esta pared, usted sólo es un rival que merece ser tratado según mandan los cánones y la conciencia... y es caballero de Malta. Espéreme, pues, al anochecer ante la puerta de la ciudad.

—No, Offranville —repuso aquél—, en el coro de la iglesia de P., esta noche entre las siete y las ocho.

—De acuerdo, pero como caballero de Malta.

—¡Sí!

Aurelie tomó entonces a Offranville de la mano, le condujo hasta un asiento y se sentó entre éste y el canónigo. Después de mirar fijamente a ambos un buen rato, tomó con suavidad la espada de la mano de Offranville, la envainó y comenzó a explicar:

—Offranville —dijo—, quiero explicarle algo para demostrarle que conozco demasiado bien el carácter despótico de aquella gente que vive de la fama, para querer someterme ciegamente a uno de ellos. Escuche, pues: El emperador turco Mohamed II, un héroe joven y temible, decidió convertirse en un conquistador como Alejandro Magno. Sus armas ya habían sometido al Imperio Oriental y nada podía interrumpirle en sus siguientes conquistas... excepto la lujuria desenfrenada. Irene, una bella griega, le ató a su regazo hogareño y el héroe de Asia, enervado y falto de todo valor guerrero, permanecía sumergido en la exuberancia de sus encantos. Su gran visir Mustapha Pascha se atrevió a reprochárselo. 'Te perdono tu osadía', dijo el sultán. 'Reúne a los jenízaros mañana en la plaza de armas.' Después de dar esta orden Mohamed cubrió de las más delicadas caricias a su Irene, a la que amaba por encima de todo, y le ordenó que al día siguiente se presentara con sus mejores galas. Irene obedeció y Mohamed la condujo a la plaza de armas, donde estaba reunida la flor y nata de sus tropas. Todos quedaron asombrados ante la belleza de Irene y le rindieron homenaje. '¡Soldados!', dijo Mohamed, 'quería que decidiérais vosotros mismos, si es posible que de la naturaleza surja una obra más perfecta que ésta.' '¡No, no!', gritaron los soldados que momentos antes estaban irritados. '¡Viva Irene! ¡Viva su feliz esposo!' 'Pues bien', prosiguió el emperador dirigiéndose a los generales y bajás que se agrupaban a su alrededor, 'yo pensaba, como vosotros, que la fama era la más alta meta de todos mis deseos. Pero ahora, al enterarme de que criticáis mi amor, vuelvo a pensar como antes y quiero demostraros que no sólo domino todo el mundo, sino también a mí mismo.' Entonces desenvainó su espada, cogió con fría crueldad los largos cabellos de Irene y de un certero golpe separó su bella cabeza del encantador cuerpo.

—*Diable, c'est bien vrai* —exclamó Offranville, al terminar Aurelie, poniéndose en pie—, *mais*...

—¡No me contradiga! —replicó Aurelie, levantándose también—. Usted me comprenderá y sentirá lo que yo debo temer a su lado.

—Aurelie— murmuró Offranville—, tú amas al canónigo más que a mí, pues le has mostrado una parte de tus encantos.

—Offranville, te amo tanto como al canónigo y ahora voy a descubrirte otra parte de mis encantos, que hasta este momento no ha visto nadie excepto yo misma.

Aurelie condujo a Offranville hacia la cama, bajo la cual estaba yo, anonadado, dio la espalda al canónigo y se descubrió hasta la cintura.

—¡Ha! —gritó Offranville en un éxtasis enervante, desenvainó su espada y rozó con ella la enigmática entrada del placer—. ¡Diablo! —balbuceó—. ¡Diablo! Más excitante que todos los diablos ingleses e inveterados! ¿Quieres que...?

—¡Pobre diablo! —exclamó Aurelie y dio un empujón a Offranville y... el fuerte héroe yacía en el suelo medio desvanecido, como si le hubiese dado un ataque ante la contemplación de los encantos desnudos de Aurelie. Esta dejó caer sus ropas, le ayudó a ponerse en pie y dijo:

—¡Vergandin! ¡Offranville! Aplazad vuestro duelo hasta el día de santa María Magdalena; entonces querré presenciarlo.

—Bien —refunfuñó Offranville—, ¿y dónde?

—En el claustro de la P...

—¡Es usted un ángel, Aurelie! —exclamó Vergandin y le besó la mano.

Offranville le descubrió los pechos y le dio un prolongado beso en cada uno.

Aurelie solicitó entonces a los dos ebrios de sus encantos que la dejaran y ambos, cogidos del brazo, obedecieron la orden de su soberana.

Como hechizado estuve yo durante toda esta imponente escena debajo de la cama; la agonía del placer me había dejado incapaz de moverme, como sumergido en el vahído de un exceso de champagne.

Apenas hubieron desaparecido los dos raros amantes, la todavía más rara señorita von Sarange se tumbó en el sofá y, como impulsada por el aguijón de ansias contenidas, se levantó las faldas y la camisa, separó sus muslos cuanto pudo y se demostró las excelencias de todos los placeres terrenales con sus encantadores dedos, de forma tan evidente que el sofá, como si estuviera relleno de espíritus, comenzó a moverse y todo aquel acto me produjo una excitación tal y tan superior a todo lo descriptible, que me hizo abandonar alocada y precipitadamente mi escondrijo y, con los pantalones bajados, me eché como un meteoro a los pies, ante los temblorosos muslos de la agonizante Aurelie.

Un grito agudo, la convulsión lasciva de sus muslos, el desbordado torrente de su concha del amor, una especie de desvanecimiento; todo esto se produjo al aparecer yo, al surgir yo, como se desata la tormenta y la tempestad de golpe.

Aurelie mantenía cerrados sus sensuales ojos, los míos miraban fijamente sus magníficos encantos; yo me deleitaba como un corderillo en los más bellos prados de la vida y...

—¡Oh, por favor, amor, descúbrete! —me pidió en este momento Fredegunde.

Obedecí y la astuta abrió sus encantadores labios y rodeó con ellos los rizados adornos pilosos de mi sensible y dijo, llena del bálsamo de Cipris:

—Así hubiera mordido yo el polvo en el mágico prado de la señorita von Sarange, si me hubiera restado alguna fuerza para levantar mi abatido cuerpo.

Aurelie despertó de su dulce ensueño, me miró fijamente con sus dulces ojos, puso su pie izquierdo junto con su columna alabastrina en el suelo, se levantó y, dejando caer el telón del celestial teatro, se me acercó con viveza.

—*Comment, drôlesse!* —comenzó a decir llena de ira y me levantó—. *Que veut-on dire avec cette masquerade?* ¿Con vestido de hombre y debajo de mi cama?

Sin añadir ni una palabra que me fuese comprensible, cogió la campanilla y llamó.

Clementine, su doncella, a la que yo ya conocía, entró.

—¡Mira, Clemence! —exclamó Aurelie, dirigiéndose a ella—, Fredegunde se ha vuelto loca.

Con estas palabras tomó una silla y ordenó a Clementine que me tumbara en ella.

Clementine obedeció en silencio. La bruja me asió como un hatillo de ropa y, antes de que pudiera darme cuenta de lo que me sucedía, estaba tendido con la camisa al aire, como le había ordenado; Clementine me sujetaba como al pollo que acaba de cantar su último *Gare à vous!*, y Aurelie dejó caer su delicada mano sobre el hemisferio norte y el hemisferio sur de mis rústicas carnes con tal vigor, que me hizo chillar agudamente.

Durante la ejecución me movía tan impetuosamente que se me abrió el cinto y los buenos ducados sembraron la alfombra que cubría el reluciente suelo.

—¿Qué es esto, Fredegunde? —exclamó Aurelie al ver el dinero.

—¡Traidora, has querido escaparte! ¿Ves, Clementine? ¡Todo esto son pruebas de mi bondad! La desvergonzada ha querido escaparse y delatarme. ¡Ah, esto merece un castigo!—. Y entonces fue repetido el castigo tan duramente que mis nalgas ardían como la fragua de Vulcano.

—¡Clementine! —prosiguió Aurelie—, los ducados son tuyos y ahora llévate a esta ladrona a la habitación verde y azótala con el látigo, hasta que confiese lo que quería hacer.

Clementine me alzó y me llevó consigo.

—¿Dónde está Eugenie? —(Esta era la sobrina de Aurelie) preguntó aquélla todavía.

—Debe estar en el baño —respondió Clementine.

Aurelie me ordenó que me pusiera el negligé blanco de Eugenie, pero que antes me diera un baño, en cuanto hubiese salido ésta[7]; que todavía había tiempo para la confesión.

Clementine me ordenó que la siguiera; apenas podía sujetarme los pantalones con una mano, la escena fue de lo más especial.

Atravesamos una larga hilera de habitaciones hasta llegar a una antesala cerrada.

Clementine llamó a la puerta.

—¿Está usted lista, Mademoiselle? —preguntó y una voz argentina respondió:

—Voy enseguida.

Apenas dicho esto, se abrió la puerta y una encantadora criatura se nos acercó. Clementine se rió, le hizo un guiño con la mirada y dijo a Eugenie que yo era la ramera Fredegunde, a la que debía conducir al baño del que ella acababa de salir. Eugenie sonrió, abrió su gorguerita y dirigió su vista hacia la blanca nieve de los virginales pechos, como si quisiera ahondar en su corazón, y susurró:

—Mi distinguida tía tiene ideas maravillosas, hay que reconocer que es única en su especie.

Acto seguido nos dejó y a los dos minutos estaba yo completamente desnudo en el baño, en la misma agua que unos instantes antes había acariciado el suave cuerpo de la atractiva Eugenie.

Yo nadaba en un mar de felicidad y mientras Clementine me iba frotando con refinado jabón, entreteniéndose especialmente en mis rudas nalgas, pensaba yo en los juveniles pechos de Eugenie y los cubría con miles de besos.

Al poco estaba yo, más bello que el Adán de Loredano, ante la pestañeante Clementine.

Me besó ardientemente en la parte de mi cuerpo que ahora, robada toda su energía, apenas necesitaba una hoja de parra para esconder su pecadora naturaleza de tendencias levantiscas, me puso la camisa que Eugenie había dispuesto y luego un negligé blanco y me condujo a la habitación verde.

Allí encontramos a Aurelie y a Eugenie; Eugenie estaba sentada junto a la ventana y Aurelie, totalmente sin vestir, es decir, en camisa y con una mantilla blanquísima que le dejaba los pechos y los brazos descubiertos, estaba de pie ante ella.

—Por poco —estaba diciendo Aurelie a su sobrina, y Clementine y yo, esperando órdenes, nos quedamos en medio de la habitación—, me hubiera caído en suerte el destino de Arrive[8].

—*Que vous me dites*! —respondió Eugenie y miró a su tía de forma tan ambigua, que ésta interpretó el tono perfectamente noble de este *«que vous me dites!»* como si le hubiera citado la famosa frase del Hamlet: *¡Entra en un convento!* Tomó la labor de las manos de la encantadora muchacha diciendo: *«Ah, je comprends!»*, y le ordenó que se levantara.

Eugenie obedeció, Aurelie la puso de espaldas al sol, que a esta hora del mediodía se trasparentaba a través de las cortinas de seda rosa, y levantó sus faldas y su camisa por encima de la cintura.

¡Qué visión tan cautivadora! Las magníficas formas de los virginales miembros todavía no profanados enrojecieron al recibir el resplandor purpúreo que a través de las cortinas emanaba el astro diurno que detesta los velos; únicamente su virgíneo rostro iluminado directamente por el sol a través del espejo flameante mantuvo su color de azucena, mientras su tía le abría sus suaves muslos y observaba atentamente las maravillas secretas de la traviesa naturaleza.

—*Ah, ma Nièce! ma Chère!* —exclamaba Aurelie mientras besaba los labios del placer, cuyo noble cuchicheo trata con tanto desprecio el hombre culturalizado—. *Ah ma Nièce!* ¡A ti puedo confesártelo todo! Con mis ojos corporales veo el símbolo de tu alma inocente sin profanar y tú me comprendes, te has compenetrado conmigo, ante ti no he de esconder nada.

Rápidamente Aurelie la tapó y continuó:

—Sí, querida. Hoy he estado a punto de que se cumpliera en mí parte del destino de Arrive. Al padre Anselm le he encontrado ya en el confesionario; no tenía mucho que confesar, fiel a la máxima: No hay moral que llegue a la perfección sin sentidos, ni moralidad que madure hasta su culminación y sea portadora de un alto espíritu, sin sensualidad; sólo me lamentaba de que hasta ahora había resistido con esfuerzo las pocas tentaciones, que todas me habían sido fáciles.

»'¿Realmente?', ha contestado Anselm y me ha mirado asombrado. '¡Juventud! ¡Belleza! ¡Temperamento! Todo aquí reunido en un punto... el del placer. Y sin embargo... tal virtud es para mí un misterio. ¿Podría usted repetir esta confesión allí, ante el altar de la gran pecadora María Magdalena, sin avergonzarse de su vanidad y de su orgullo, señorita?'

»'¡Claro que puedo!', ha sido mi respuesta.

»'Pues bien, venga', ha contestado Anselm y me ha acompañado desde el confesionario al altar de María Magdalena, que, como sabes, está en un rincón.

»Sin reflexionar sobre lo que debía hacer, ni esperar a que Anselm me lo dijera, me he arrodillado en la grada del altar, diciendo: '¡La más santa, la más piadosa de las pecadoras de mi sexo!'. Apenas habían surgido estas palabras de mis labios, que me he sentido inmovilizada, he sentido que me levantaban las faldas y la camisa y me separaban los muslos.

»Ni una palabra ha brotado de mis labios, tampoco había nadie en la iglesia. Como una bayadera danzaba de aquí para allá; ni el propio Hércules me hubiera perdido.

—¿Y lo ha hecho Anselm, ese enclenque? —preguntó Eugenie.

—¡Por Dios! —prosiguió Aurelie—. Ha sido el atractivo Romuald, nuestro canónigo, el que en la última mascarada recibió tus fervorosos aplausos.

—¿Este?

—¡Este! Iba con la ropa de coro y sin pantalones. Toda la atractiva y musculosa parte inferior de su cuerpo descansaba sobre mis desnudas caderas; su enfurecido miembro quería abrirse paso, como el rayo por los aires, hacia mi interior, pero... ¡en vano! Yo apretaba los muslos tan fuerte y enérgicamente, que él ni siquiera podía librarse del hechizo que había despertado su apetito hasta enfurecerle.

»'¡Mademoiselle, Mademoiselle!', gemía el enfurecido. '¡Anselm, tráeme un puñal! ¡Clávalo en el pecho de esta condenada!'

»'¡Magdalena! ¡Magdalena!', gritaba yo. '¡Mira lo que puede hacer una mujer!'

»¡Por todos los diablos!', gritó entonces Romuald, y yo seguía apretando cada vez más, '¡déjame, puta sin igual! ¡Tú ganas!'

»Abrí mis muslos y al momento Anselm me cubrió y el canónigo Romuald desapareció.

»Anselm me ha besado la mano y me ha dicho: 'Le doy la absolución válida hasta que haya cumplido los cuarenta años.'.

»'¡Ahórrese el esfuerzo, padre!', le he respondido. 'No pienso vivir tanto. ¡Sin encantos no hay tentación! Pronto tendrá noticias mías.'

»Le he dejado plantado con estas palabras y me he ido con el firme propósito de hacer hoy todavía mi testamento, como Klarissa, y morir mañana.

—¡Tía! —gritó Eugenie—, ¿morir?

—¡Sí! Offranville y Vergandin están furiosos. ¡No quiero volverme loca por ellos, como se dice, sino morir!

Con estas palabras Aurelie dirigió su mirada hacia nosotros, que escuchábamos absortos, y dijo:

—¡Ven, Fredegunde!

Fui hacia ella, me arrodillé, le levanté la mantilla y la camisa y besé su rodilla izquierda, mientras mis ojos intentaban vislumbrar el oscuro valle del amor. Clementine me levantó, de modo que la camisa de Aurelie vino a reposar como un velo de Isis sobre mi cabeza, y antes de que pudiera acabar de levantarme, descansaba ya mi boca en el laberinto de la humanidad y mis afilados dientes mordisqueaban los más finos de los pelitos adriánicos.

Desde la orilla, azotada por las olas,
de Diacontempla Ariadna
cómo huye su Teseo
con henchidas velas.
Y se separa el fuego
escondido en la gruta sagrada.
Cátulo y Filostrato

—¡Qué desvergonzada! —exclamó riéndose Aurelie y dio un paso atrás, exponiendo sus muslos blancos como la nieve a la pícara mirada de su sobrina—. ¡Cómo has cambiado!

—Dime, ¿quién te ha dado estos vestidos de hombre?

—¡Vestidos de hombre! —exclamé con total conciencia de lo que sentía y me levanté mis ropas hasta el ombligo—. ¿Vestidos de hombre?

Las tres pícaras soltaron un agudo grito al ver mi rígido miembro ante sí como una lanza ante el monstruo Behemoth.

—*Ma foi!* —exclamó Eugenie, acercándoseme, y, antes de que pudiera darme cuenta, con su aguja me dio tal pinchazo en la roja asta, que lancé un grito de dolor.

—*Ma foi, c'est Janthe!* La esposa de Iphis[9].

—¡Es verdad! —respondió Aurelie—, pero Isis le hubiera podido dejar el pecho; vamos a ver, qué podemos hacer. Tumbad a este doncel doncella en esta silla. Tú, Clementine sujétala bien y tú, Eugenie, cógele los pechos y con tu suave mano acaríciale los pezoncillos arriba y abajo.

Yo hice como si quisiera escapar; más veloces que un rayo me atraparon, me tendieron en la silla y me descubrieron el trasero.

¡Cielos!, cómo me estremecí, al ver ante mí a Aurelie con un látigo hecho de cuerdas de piano.

—¡Ah, señorita! —exclamé y Clementine me sujetaba las manos y Eugenie me acariciaba el pecho—. ¡Ah, señorita, tenga usted piedad de mi pobre trasero!

—Enseguida habré sido más feliz que Eduardo III con la bella condesa de Salisbury[10].

Con estas palabras recibí el primer latigazo, que me hizo remover el trasero de aquí para allá.

—Señorita, usted sabe muy bien que la tontería en las cosas del amor es tan imperdonable... como... ¡ay! ¡ay! ¡ay ¡oh! *mon doux Jésus!* ...como... —entonces hubo una lluvia de latigazos—. Como... como el *'Honny soit qui mal y pense'*... de mal... *Jésus*... gusto ...¡ji, ji, ji!

Sentía correr mi sangre, que no era real, sino una sangre sana y roja[11].

Yo chillaba lastimeramente, aunque no me dolía ni la mitad que si me hubiesen pegado mi padre o mi madre; mi corazón sin embargo latía con mayor ímpetu bajo el creciente pecho; ya que cuanto más fuerte azotaba Aurelie, más sentía yo que unos virginales pechos iban estremeciéndose bajo las milagrosas manos de Eugenie.

—¡Ya basta, basta! —exclamó Eugenie y me quitó la pañoleta.

Aurelie dejó de azotarme y ordenó a Clementine que me diera la vuelta.

Como un torbellino, las dos diablesas me cogieron a mí, pobre hereje del amor, y me sujetaron fuertemente con los muslos separados. Aurelie se sacó su cuchillo de bolsillo, me cogió el miembro y quería...

(En este momento no pude más, tuve que interrumpir la narración de Fredegunde, me descubrí y quería procurarme aire con los dedos, pero mi picarillo me los apartó con dulzura y me dio lo que necesitaba, tras lo cual continuó como sigue):

Aurelie cogió, como te decía, mi miembro y quería cortármelo. Pero Eugenie exclamó:

—*Bon Dieu! Que voulez-vous faire! L'aiguillon de l'abeille est un instrument, avec lequel elle cause de vives douleurs à plus d'une personne; pourtant c'est la faute de ceux, qui en sont piqués, n'ayant tenu qu'à eux de l'éviter; mais qu'on désarme l'abeille en lui ôtant cet aiguillon, ce sera le moyen de ne plus retirer d'elle le moindre service.*

Aurelie se rió y dijo:

—¡Sobrina! Tus observaciones sobre ciencias naturales son aquí totalmente adecuadas y, de hecho —entonces tiró su cuchillo al sofá—, tampoco me gusta privar de sus prendas a castrados y pajaritos; de ambos sacamos provecho y una voz de soprano masculina me resulta tan insoportable como una muchacha sin lengua, o un pianista sin martillo templador.

Eugenie sonreía. Clementine trajo colonia de lavanda para secar mi trasero y Aurelie ordenó que me fuera a mi habitación.

Clementine me llevó hasta la puerta; ahí me levantó los vestidos, me dio una palmada en el pobre trasero, del que ya había abusado bastante, y dijo:

—¡Venga, adelante!

Cuando me disponía a ir al azar hacia la derecha, Clementine exclamó:

—¿Adónde vas? ¿Adónde vas?

—Yo me reí en su cara, la pellizqué por debajo de las faldas y me fui hacia la izquierda, hasta que al final del pasillo encontré una habitación abierta.

Sin pensármelo dos veces, entro, me desnudo

y me acuesto en la mullida y sedosa cama, asaltado por mil dulces y dolorosos sentimientos.

No sentía hambre ni sed. Ante mí colgaba un gran cuadro que representaba a Júpiter y Leda en la más dulce unión. Lo estuve contemplando hasta que finalmente se me cerraron los párpados, con la vista fija en las faldas levantadas de una princesa de tamaño natural que estaba al lado de Júpiter y tenía que permitir que las toscas manos de un criado descubrieran sus encantos[12].

Anochecía ya cuando desperté. Un silencio sepulcral reinaba a mi alrededor y el viento vespertino susurraba entre los pinos y los álamos del jardín tan misteriosamente que un escalofrío recorrió mi cuerpo.

Entonces oí que se abría una puerta y que alguien cantaba en lengua alemana, que yo había aprendido un poco:

Una paloma volaba
Y el palomo la acechaba:
Yo soy el macho, tú la hembra,
¡A mi amor nada hará sombra!
Ella aceptó con agrado
Y la paz reinó en el prado.

En el momento en que terminó la canción, vi a Eugenie que entraba con una vela de cera.

Puso la vela encima del piano, sostenido por envarados Príapos, fantaseó una *Cavatine* y luego se levantó y se quedó contemplando los poderosos miembros viriles. Encima del piano colgaba la «Extenuación de Thamar por Absalón». El príapo de Absalón estaba envarado como un cilindro de telar en el seno de la inocente Thamar, sombreado con una lubricidad indescriptible.

El pecho de Eugenie se hinchó visiblemente, se quitó la gorguerita, tomó un látigo de rama de abedul que estaba debajo del piano y declamó los versos de Gloster del *Lear* de Shakespeare, sin mover la vista de la lasciva escena:

O villain, villain!
Abhorred villain!
Unnatural, detested
Brutish villain!
Worse than brutish
Abominable villain!

Primero desplegó su rosada mariposa y cuando la encontró humedecida por el rocío del amor y del placer, tomó con súbita furia el látigo, como Venus el caduceo, descubrió su trasero blanco como la nieve y se lo azotó ella misma tan cruelmente, que al instante ardía cual rosa purpúrea.

Me ahogaba, temblaba como un azogado, atrapado en un voluptuoso ensimismamiento y no se me ocurrió nada mejor que, recubierto con mi pañuelo, matar yo mismo los placeres de la carne.

Cuando Eugenie se hubo castigado bastante, se desnudó, se acercó a la cama con la vela y abrió la cortina.

Yo hice como si estuviera en el más profundo de los sueños; la pícara retiró con suavidad la sábana, me levantó la camisa y cubrió mi dormido Amor con su delicada mano.

—*Ah, qu'il est beau* —susurró y me dio un

beso en el ombligo—, pobrecito, duerme, mi bondadoso angelito, estoy segura de que pronto volveré a verte hecho un gigante.

Con esto sopló la vela y con suavidad se tendió junto a mí. Su dulce aliento llegaba hasta mi cara; un encantador olor lechoso del más puro de todos los virginales cuerpos me envolvía y cien besos cubrieron mis ojos, mejillas, pechos y todas las partes del placer sensual. Temblorosa cogió mi Amor y... toda su fuerza connatural fluyó bajo su mano como la nieve al pie del Montblanc bajo el ardiente sol de un día primaveral. Me volví hacia la encantadora Safo, abrí los suaves muslos, lisos como el alabastro, y mi dedo índice penetró con suavidad y sumo cuidado hasta la más profunda entrada del placer.

Pocos minutos después una benigna somnolencia inocente nos envolvió con las revivificadoras alas de la noche; un dulce anonadamiento selló la vida más íntima de nuestra existencia.

El sol espiaba por las cortinas azul celeste cuando desperté y yo quería despertar a Eugenie con un beso, cuando entró Clementine.

—Fredegunde —dijo sin alzar la voz—, rápido, a ver a la señorita.

Sin reflexionar un instante, puse mis labios sobre la encantadora durmiente y me apresuré hacia los pies de la mullida cama.

Clementine me echó por encima una enagua, me puso una mantilla y me tomó de la mano.

La bruja tenía un aspecto atractivamente lascivo. Su enagüita, corta como una ondeante insignia inglesa de almirante, apenas le cubría las rodillas y un pañuelo colgado descuidadamente sobre sus desnudos hombros dejaba al descubierto, como parecía ser la misión que se le había encomendado, el más bello escote que nunca haya revelado la luz del día sin desagradables misterios, como apoteosis de la Venus Clunis y de todas las suaves, lisas y temblorosas nalgas.

Ya en la puerta, Clementine me soltó repentinamente, con un agudo grito corrió a la ventana, descorrió la cortina, puso un pie sobre una silla y se desnudó con tal precipitación, que parecía querer captar todos los rayos del resplandeciente sol entre sus separados muslos.

—¡Ah, Fredegunde! *Ha, la coquine! Elle vaut une... pucellade!*

Fui raudo hacia ella... y... ¿qué era? ¡Una pulga! Una revolución, una evolución en favor de la belleza y la lujuria femeninas.

—Bella Clementine —susurré yo y le acaricié la bella y exuberante pelambrera que ostentaba junto a la entrada del placer—, vamos a castigar a esta atrevida criatura... impunemente ha revelado los secretos de la Venus Nigra a la delatadora luz diurna... ¡Mire! —Con estas palabras descubrí mi aguijón y Clementine se apoyó, con los muslos separados, obedeciendo en silencio, en el respaldo de un mullido sillón... y volvió a abrir sin compasión la herida para su agradable curación.

Furioso y jadeante como un verraco, reforzado por las privaciones y encendido por sus encantos, penetró mi Amor en la gruta del placer de Clementine tan profundamente, que ambos perdimos la conciencia y... bastante relajados, nos secamos y nos vestimos.

Eugenie todavía estaba dormida y Clementine me llevó consigo.

Me condujo a la modesta tertulia de la servidumbre; un desayuno con chocolate, pasteles, bizcochos, vino de Burdeos y restos de la cena de la noche anterior —de la que mi alma, saciada de lujuria, privó a mi extenuado cuerpo—, daba ocupación a nuestros dientes, calmaban hambre y sed y despertaban el sexto sentido, no el moral de Melzer, sino el sensual de Lucrecio[13], a nuevos placeres.

Las muchachas estaban, todas ellas, de buen humor y alborozadas. Les levanté las faldas hasta la cintura, a una tras otra, pero ninguna podía competir con los secretos encantos de Clementine.

Las pícaras ya me habían cogido y tumbado encima de la mesa con el trasero al aire, cuando un coche se paró delante de la puerta y Clementine, asustada, exclamó:

—¡Por todos los cielos! ¡Rápido! ¡Rápido, que viene la novia! ¡Que viene la novia!

La broma tocó a su fin y yo tuve que comparecer con Clementine ante la señorita.

—¿Qué has hecho, Clementine? —le preguntó Aurelie ya en la misma puerta, con una seria mirada.

—¡Perdón, omnisciente! —y se precipitó a sus pies en el mismo instante en que pasó flotando por el corredor, junto a mí, una agraciada criatura femenina, con un vestido de gasa blanco como la leche y un velo verde olivo que ondeaba a sus espaldas, y se le echó al cuello a Aurelie.

—¡Bienvenida, querida, en tu último día de soltera! ¿Venus o Diana? —preguntó la señorita.

—Juzga y decide tú misma, Aurelie

—Todavía no, Lucilie —le dijo a la recién llegada, dándole una palmada en los muslos por debajo de las faldas—, todavía no, amor, antes he de medirle a esta hetaira (señalando a Clementine) la línea de la belleza, según Hogarth, para que no olvide lo que es mío y lo que es tuyo, tan torpe como una parisina en el paraíso con la inocencia desnuda.

—¡Perdón, señorita! —exclamó llorando Clementine, que se lo temía todo, y abrazándose a las rodillas de Aurelie—, ¡el placer no tiene límites!

—*Laissez la faire... nous sommes des enfants,* —intercedió Lucilie.

—Precisamente por esto —respondió Aurelie y descubrió el trasero a Clementine, que en su elevada periferia parecía conocer el destino que le esperaba—, es necesario que el dolor le imponga sus límites. Los niños deben recibir pronto su castigo; más tarde el destino y el amor descargan sus golpes tan ciega y brutalmente, que la estupidez y la tontería cubren en vano con su manto a la azotada; en vano un gran escritor como Wieland considera bellos a los antiguos trágicos y a las nuevas tragedias... y a nuestra Clementine[14].

Con esto levantó Aurelie la camisa a Clementine por encima de su espalda y Lucilie, encantada ante la belleza de los dos hemisferios, exclamó:

—¡No!

No, un trasero tal no ha sido formado
Ni poseído nunca por un dios, excepto por
[Amor[15].

—¡No, no! —declamaba Aurelie y comenzó a colorear con sus suaves manos la todavía más suave carne de las encantadoras, pequeñitas nalgas.

—¡No, no!

Lloran las almas de los niños menores de edad junto
[a la entrada,
De aquéllos a quienes la pálida muerte envidia la dulce
[vida,
Los arranca del pecho materno y los echa a la amarga
[tumba.

Cuarta parte

Aurelie añade a las variaciones sobre el tema del placer carnal algunos pensamientos filosóficos sobre la moral mal entendida que mata el amor, la belleza y la alegría, y convierte el mundo en un infierno

—Levántate, Clementine, estás matando tu alma, los frutos de tu cuerpo, con tus deseos lascivos y su voraz satisfacción. Pero no temas abandonarte a la ambición de uno solo, mientras haya millones que ofrecen sus vidas en los campos de batalla por motivos absurdos; mientras los frutos de la mujer sigan siendo un enigma del cuerpo, y su resolución, maldición y condena.

»¡Lucilie! ¡Lucilie! —prosiguió Aurelie, tomando a aquélla de la mano, con una sonrisa trágica—; ¿hay peores asesinos que los notables? El mundo juzga a una infanticida. ¡Qué absurdo! Mil veces mil inocentes mueren a manos de sus hermanos. ¡Pero paciencia! No será siempre así; mira lo que tenían en el 'Tartarus':

»Los que siendo inocentes habían sido injustamente [ajusticiados
Tenían su siguiente morada y se les adjudicaba el [lugar

No sin previo juicio conforme a derecho cual juez
[mantiene
Minos la urna y el destino; él llama a las almas de los
[finados
A juicio con severidad e investiga la vida de los
[culpables
En el más allá se nos resolverán los enigmas de la
[vida.

»¡En el más allá, Lucilie! Este mundo es el altar del sacrificio del Señor, ninguna conciencia será respetada, ninguna inocencia quedará sin culpa; y la victoria del mal es... la corrupción del bien.

»Guárdate de ti misma, de tus pasiones, guárdate del amor... y de la gigantesca fuerza de la conciencia, conviértete en una enana ante los rayos de tu alto juicio. En el 'Tartarus' no se vive bien, Lucilie —prosiguió con una sonrisa—, escucha otros versos de Bodmer:

»La siguiente región está reservada a lastinieblas,
Para aquéllos que con sus propias manos, cansados de
[vivir,
Han ahuyentado su espíritu de su cuerpo.
¡Cuán grande es ahora su deseo
De luchar bajo el cielo superior contra todas las
[calamidades y penurias!
Pero el derecho lo prohibe. El triste flujo les ata
Y el odiado abismo, la Estigia, les mantiene aislados
Dando nueve vueltas a su país. No lejos de este lugar
Aman los campos de lágrimas que cubren gran
[extensión a lo largo y a lo ancho.
El nombre con el que se les conoce es: Dolor.
Aquí se ocultan en los más escondidos rincones las
[almas
Que el inexorable amor ha corroído en vida[16].

»El inexorable amor —interrumpió Lucilie—, no, a éste no le conozco... se llama odio. *Mais:*

C'est un autre amour dont les voeux innocents
s'élevent au dessus du commerce des sens.
Corneille.

»¿Por qué le tememos? —Aurelie estampó un beso en los labios de Lucilie, le quitó el pañuelo, la besó en el pecho izquierdo y continuó:

»Aquí les esconde un bosque de mirtos. La nostalgia
Les acosa después de la muerte. Aquí viven Fedra y
[Procris.
Aquí está Erifile, que muestra la horrible herida
Que le produjera su hijo; aquí están Pasífae y Evadne
Y con ellas Laodamia y Céneo, que nacido varón,
Se convirtió en mujer y luego volvió a tomar forma de
[hombre,
Y Dido de Sidón.
Todos ellos y miles vagan siempre ahí, perdidos por
[amor."

Tras haber declamado estos versos con énfasis y gran sentimiento, Aurelie tiende la mano a Clementine, la misma mano que unos instantes antes la ha castigado, y Clementine la besa. Lucilie Volanges fue flotando hasta el pianoforte, fantaseó y cantó:

Que en mi blando corazón penetre la dureza de mi
[destino
Entre placeres y dolores.

Los más secretos encantos de la naturaleza me
[atenazan,
Por lo bello se infla mi pecho.

Aurelie se le acercó sigilosamente, se agachó, le cogió las faldas y la descubrió hasta la cintura, separándole luego los muslos y observando el más secreto de los encantos no reconoce en los salientes, exuberantes y encendidos labios del placer, suaves e ingenuos, de Volanges, a ninguna Venus que esconda púdicamente lo que se deja esconder, sino a una casta Diana que revela con naturalidad lo que la naturaleza no le diseñó escondido.

Lucilie separó todavía más sus muslos y preguntó sonriendo:

—Bien, ¿qué soy? —e hizo caer las faldas que le sostenía en alto Aurelie.

—Un ángel eres tú —exclamó Aurelie cautivada—, una Diana, un misterio de la naturaleza al descubierto —y besó su boca.

Lucilie se rió, apartó a Aurelie y cantó y tocó:

¡Raudo, amado! Abre mis labios del amor,
Antes de que los arrecifes de Safo de Leucate
Le giman convulsivamente a su Phaom;
Todo placer se burla del acerbo dolor.

¡Desgarra, atrevido, el velo de mis blancos muslos
No te dejes ofuscar por su brillo,
Entre ellos reina la fuerza vital de Amor,
Muere la estúpida pasión del corazón.

Ponme el vestido sobre la inclinada espalda,
Para contemplar mi desnudo trasero,
Que ni la propia Venus presenta uno tan bello y
[turgente
Cuando lo castiga la dura mano de Marte.

¡Buenos dioses! Oh, dejad que entre placer y
[dolor,
Dejadme morir entre los dolores de Amor.
¡A ti, amado, dedico mi virginal corona!
¡A ti, odiado, una... cola de asno!

Todos nos reímos y Aurelie me llevó al lado de Lucilie y me descubrió.

—¿Qué te parece este Amor femenino? —le preguntó bromeando y se lo puso en sus delicadas manos, haciendo una seña a Clementine para que nos dejara.

Lucilie se sonrojó y manipuló mi miembro con la mano ahuecada, de forma tan excepcionalmente excitante que, abriéndose paso entre sus dedos, vertió su bálsamo en sus rayas de la vida.

—*Ha, ma petite; que vous êtes belle!* ¡Un verdadero Céneo, Aurelie, un pequeño bromista!.

—Deja que sea él quien te abra. Sif es la diosa del amor de los escandinavos, ¡inténtalo! Para quien te despose todavía quedará mucho que hacer.

—*Venez, mon enfant* —dijo Lucilie, se levantó las faldas y la camisa por todas partes y se tumbó con los muslos separados en el sofá.

Yo, embriagado ante la visión de tales encantos por mí nunca vistos, lanzo todas mis ropas y me echo como un Hércules encima suyo. Imparable me introduzco, le causo dolor a la encantadora Volanges, que sólo contaba diecisiete primaveras; sangre, una sangre roja fluyó del altar del amor; pero no pude satisfacerla.

Pronto quedé agotado y, sin fuerzas, me dejé caer en el sofá junto a la poderosa amazona.

Aurelie se había quitado las faldas y ocultado la camisa bajo el corsé; apenas me hube tumbado, se echó encima de Lucilie y ambas llevaron a término un juego digital tan furioso, que sus muslos y nalgas temblaban como las palmeras de Menfis, como las olas del océano agitadas por el bóreas.

—¡Que el dolor eleve el placer! —comenzó a decir Aurelie, mientras seguía trabajando—, y que la voluptuosa destrucción destruya los sentidos enojados y negligentes de la desgana.

»En todo lo sensual que realices —diciendo esto Lucilie elevó tanto el muslo izquierdo, que toda la ardiente entrada del placer se hizo visible, los abrió ambos con gracioso decoro y los volvió a cerrar con bella furia pítica, entornó entusiasmada los grandes y centelleantes ojos, infló de forma magnífica los pechos suaves como cisnes y sus dulces labios reprimieron unos agudos gemidos tan voluptuosamente, que perdí la visión y sólo oía lo que decía Aurelie—, querida Volanges, en todo lo que quieras empezar o que te suceda, haz que te acompañe el decoro y la gracia moral. En la satisfacción de los placeres sensuales frecuentemente está el hombre por debajo del animal; su orgullosa presunción le hace considerar a menudo ridículo y perjudicial lo que le ha dado la vida y lo que apartaría de su ánimo deprimido más de una preocupación y más de un proyecto desesperado.

»La virtud no necesita pudor y el recato no es más que el último velo que conserva la belleza.

Ambas se fundieron en un abrazo, temblorosas y estremecidas, y tras un suave suspiro, continuó Aurelie:

—El poder de la belleza es más inexpugnable

que la fuerza de la virtud. Y sin embargo entre ambas forman una unidad; y ambas perecen bajo el aliento venenoso de la envidia y ambas son aniquiladas por la inexorable muerte.

Las dos se sientan, descubiertas como estaban, en el sofá.

—Existe una femenina belleza de alma, de la que debería disfrutarse sólo moralmente y únicamente según criterios platónicos. Existe una natural belleza corporal que, como quien dice, invita ella misma a ser disfrutada y se puede considerar como un delito contra la bondadosa naturaleza el hecho de considerarla de menor valor que los flámenes o la uva de moscatel. Si yo fuera legisladora, lo incluiría entre los crímenes capitales. Ambas, la belleza del alma y la del cuerpo, están destinadas a perecer, ¿por qué no disfrutarlas y participar en ellas?

»No amar y no disfrutar son los mayores pecados contra la divinidad de la naturaleza; pero el demonio es capaz de ofender, de envenenar y de destruir la inocencia del espíritu y del corazón, la pureza del alma y del cuerpo, la vida alegre o la existencia noble, agradable y sencilla (y a éste se le pueden añadir toda la pandilla de críticos y déspotas de todo tipo, como los que pretenden ser los únicos que saben lo que es bueno y lo que es malo); para él los tormentos del infierno no son un castigo suficiente.

»Realmente es frecuente que en el hombre la fuerza de las pasiones brutales y de los instintos sensuales sea tan grande e indomable, que no exista ningún sentido moral de la conciencia capaz de hacerle entrar en razón, pero a estos hombres animalescos se les perdona por la grandísima carencia de inteligencia y de capacidad intelectual, la carencia de sentimiento y de juicio. De todo esto participa en alto grado el hombre cultivado y su propia utilización incorrecta es capaz de convertirle en el más refinado miserable, encumbrándole o humillándole[17].

»Nadie, querida, tiene derecho a privarme de lo que la bondadosa naturaleza y su creador me han otorgado, nadie tiene derecho a imponerme leyes donde mi natural libre albebrío no perjudique el de otro individuo, y ninguna ley me convencerá de lo que la moral no me dicte a mí misma, ni de lo que el amor me haga considerar reprobable.

»Jueces del corazón y de lo sentidos, de los actos y de la vida, surgen de entre los hombres y se alzan sobre ellos como furiosas tormentas y tempestades, como peste y guerra sobre la faz de la tierra, para castigarles, para que finalmente despierten. Pero ninguna ley puede obligarme a respetar subjetivamente lo que objetivamente posee la fuerza, para perjudicarme o para humillarme. '¿Quién eres tú, que osas juzgar a tu prójimo o a otros, fingiendo la más alta y más pura objetividad de lo que se juzga?' Esta pregunta, querida Lucilie, abarca todo lo que se le puede imputar o achacar al hombre.

»Permíteme que te diga que lo arrogante de nuestra naturaleza y educación ha levantado el más grueso muro de separación entre hombre y hombre, y éste es el mayor obstáculo para el conocimiento de sí mismo.

»¡Cuán bajo ha caído el hombre! Envidia, odio, venganza, maldad, injusticia, rigidez, iniquidad, astucia y mentira llenan el más íntimo santuario de su alma, inspiran sus actos y se graban con rasgos maliciosos en su cara. Lavater sólo ha contemplado los aspectos positivos en sus estudios fisonómicos; un verdadero muestrario de la fábrica diabólica puede contemplarse en cualquier *Bal paré* y en cualquier sociedad recreativa; incluso en el más delicioso amor sensual se inmiscuye *à la Justine* el demonio de la corrupción.

»¿Cómo es posible salvar al hombre de la corrupción existente en el hombre? ¿En qué medida es capaz de superarla, por más bajo que haya caído, mediante el efecto mágico de la imaginación, mediante el reconocimiento de la divinidad visible e invisible que se esconde en la naturaleza y en el hombre, mediante la virtud, la equidad y el cumplimiento de deber?

»¡Y cuán alegremente no invitan los sentidos al placer, al espíritu puro de los hijos de la naturaleza! Todo en nosotros se desvanece en meditación, a los sencillos y armoniosos toques de campana... con espirituales cantos, con espirituales y sagrados secretos, nuestro corazón se abre a los pensamientos de un mundo mejor. El tintineo virgiliano de los alegres rebaños, el canto de las cigarras, el trino, que asciende hasta el cielo, de la alondra, nuestra atmósfera que resplandece bajo el fuego del astro rey en multitud de colores y la suave luz de la silenciosa Selene, cambiante entre los espíritus de la noche, oh Lucilie, todo esto (naturaleza y arte, creación divina y humana, placer y dolor, el magnífico y recio cuerpo de un Hércules alemán y el matiz rosado de una Psiquis francesa) eleva al hombre caído, manchado por las bajas pasiones y los ruines placeres, por encima del fango de sus vicios en el que ha sido educado y al que se ha habituado, le eleva para que se libere de su brutalidad y pueda dirigir libremente su mirada hacia el ardiente ojo del mundo o hacia el suave de una mujer enamorada, le eleva a la meditación y al gozoso éxtasis.

»Este hombre debe, nosotros debemos, sin embargo, sentir y disfrutar, sin olvidar la miseria de miles y miles de personas que no poseen sentido ni sentimiento para captar todo esto.

»Pero los medios para alcanzarlo no están en la voluntad de la opinión pública y parcialmente siguen siendo todavía preguntas sin respuesta. ¿Deberíamos hacer que estas personas fuesen sensibles a tales bienes vitales ignorados mediante la férrea disciplina de las reivindicaciones morales, como la militar, y con apremio?

—¡Por el amor de Dios y de todos los santos, no! —exclamó Lucilie—. Tú, una sacerdotisa de la naturaleza, adornada con los atractivos de Eufrosine y de santa Genoveva juntos, ¿quién no te consideraría detestable con tal cogulla dogmática en París, Chantilly o Sarange?

—Tienes razón —prosiguió Aurelie—, no habría insensatez mayor ni peor despotismo. Nuestra obligación deberá seguir siendo, como hasta ahora, vencer, formar y convertir mediante nuestros encantos. El poder de la belleza deberá incluso suavizar la vanidad femenina, y únicamente deberemos celebrar nuestro triunfo sobre la tiranía de las leyes masculinas con los más sublimes y tiernos momentos de amor. Pero en los casos en que esto caiga en el brutal sentido del hombre tosco, como la benefactora lluvia en la desierta cumbre rocosa, ¡que muestre la mujer de lo que es capaz! Unidas Corday y Agripina, Dido y Elisabeth d'Angoulême, unidas en el total sentimiento de su perfecta feminidad crítica.

»De duro mármol formó Praxíteles su Afrodita y las columnas corintias y dóricas sostienen noblemente enormes pesos. Si ambas hubiesen sido de madera, ¿cómo hubiesen podido resistir el gusano de la mala conciencia y los torrentes de adversos destinos y penas? Por esto la belleza debe seguir siendo férrea en una época férrea y destrozar, irresistible, corazón y riñones, sentidos y pensamientos.

»Pero que nuestro corazón y nuestro seno se abran reconciliantes ahí donde el ojo envidioso de la conveniencia y la miserable política del egoísmo, donde las pasiones desatadas con violencia conducen al crimen y arrojan a los desdichados al borde del abismo de la desesperación.

»Sí, Lucilie, ¡pero desnúdate! Fredegunde, ayúdanos. Un baño de hierbas aromáticas restablecerá nuestros disipados sentidos: las relaciones de lo bueno y lo malo, de lo legal y lo ilegal están a menudo tan entremezcladas que cambian sus papeles y ocasionan graves daños.

Entonces le saqué las medias de seda a Lucilie. Ah, Monika, ¡qué encantadora era!

—Y nunca —prosiguió Aurelie—, ha podido decir un hombre en este mundo: yo no he destruido nada, no he desviado nada de su correcta función, no he convertido en bueno lo que era malo, ni lo malo en bueno.

»De esta manera, querida Lucilie, me gusta

filosofar, y ahora quiero mostrarte cómo amo y cómo odio, ¡ven!

Aurelie estaba desnuda ya ante mí; Lucilie dejó caer sus enaguas y con mano temblorosa rocé el último velo que cubría el pudor del cuerpo alabastrino.

Las bellas hetairas se abrazaron y Aurelie dijo, mientras pasaban por varias habitaciones camino del baño, tras hacerme un gesto indicándome que las siguiera:

—En todas partes vence lo físico-sexual, nunca o raramente lo divino-inteligente, por lo que respecta al hombre libre. La *materia genetrix* es también *materia peccans* y no se puede pensar en un equilibrio entre naturaleza y religión, libertad y necesidad, mientras el alma animal venza sobre el alma divina en el hombre racional y las leyes le conviertan en una máquina inteligente.

Llegamos al baño, Aurelie se introdujo en la marmórea bañera y atrajo hacia sí a la titubeante Lucilie; me fue indicado que las escuchase a ellas o a los pajaritos del jardín. Me puse junto a la alta ventana del pabellón y dirigí mi vista hacia las dos más bellas Gracias que jamás haya vuelto a ver.

Aurelie prosiguió:

—En todo lo que la naturaleza exterioriza de nuestra sensualidad, el *reflexum* de su moralidad, se muestra de forma sencilla y unitaria, unidos tan sólo en el elemento. Pero en la esencia del hombre que actúa con libertad desaparece esta sencillez de la substancia; la propia alma, como el más sencillo de los fenómenos, es distinta en cada parte de su cuerpo de lo que sería sin la existencia de éste.

»La naturaleza se diferencia en todas sus infinitas obras desde la unidad hasta la simplicidad y sólo se armonizan genéticamente en la conducta; pero el hombre se armoniza y se une física y moralmente en lo heterogéneo y lo complicado de sus experiencias y conocimientos. No, como si no existieran hombres sencillos. Las naturalezas e incluso las esencias poseen la facultad de mezclarse con otras, mientras permanecen ellas mismas, e incluso pueden convertirse totalmente en otra, sin menoscabo de su personalidad. Una facultad que no poseen, ni en *specie* ni en *genere,* ni la naturaleza material ni la animal, como carácter simbólico y escala esencial del espíritu y la humanidad, pero que puede ser creada químicamente por la mano del hombre.

»Este magnífico arte que permite al hombre dar órdenes a la naturaleza como un dios, que le permite derribar sus barreras, debe enseñarnos: 'Lo que podemos ser, si queremos... mediante el genio de la humanidad'[18], mientras todo el resto de la creación necesita de la omnipotencia del creador, para poder elevarse por encima de ellos mismos.

»En vano vemos las manos en el hombre; viven y actúan sin usarlas; la miseria corroe la mitad; el vicio devora la otra mitad de los cuatro habitantes de la tierra bípedos, y no nos andamos con rodeos, pues los consideramos de la especie de los simios. Es cierto que este hombre, gracias a la razón, está por encima de los animales, pero todavía debe buscarse su carácter y su esencia a partir de los animales.

»Y por esto, querida Lucilie, estamos nosotras precisamente ahí, donde les gusta vernos a los hombres. Pues les vamos a deparar esta pequeña alegría. Que su dominio siga siendo la tierra, como hasta ahora, nosotras volaremos por el espacio celeste y atrás queda esta negligente gleba de tierra a pesar de toda su inspiración.

»Acércate, Fredegunde, desnúdate y comienza la obra de nuestra purificación corporal[19] —dijo finalmente Aurelie y yo obedecí.

Provisto de jabón oloroso y toallas me introduje en la bañera, junto a ellas, en el tibio baño aromático, preparado según la fórmula de Hufeland, y comencé dedicándome a las voluptuosas partes inferiores de Aurelie, especialmente a sus elevaciones y depresiones, con tal ahínco, que apenas tuvo tiempo para abrir su boquita de rosa superior para ordenarme que comenzara intentando purificar a Lucilie. Yo obedecí y Aurelie besó los pechos de Lucilie y le ordenó que se tendiera sobre la espalda y separase los muslos. Lucilie obedeció y yo comencé y acabé entre los más bellos puntos de la vida —entre la rosa virginalmente angosta de Lucilie y el orificio más encantador de su abovedado trasero— con tal serenidad, consideración y pericia, que la cariñosa novia me premió con un beso al terminar. Durante estas magníficas manipulaciones y masajes, efectuados según la técnica de Mesmer, Aurelie todavía dijo lo siguiente:

—Si tienes ocasión, Lucilie, de observar tu piel a través de un microscopio, podrás abstraer fácilmente un curioso parecido entre el cuerpo humano y el orbe terrestre. Esta eterna e inmóvil masa de estrellas fijas es el cerebro del éter, de ellas fluye hacia el espíritu humano todo conocimiento y toda sabiduría, según la fuerza y la receptividad de sus órganos. Fuego y sangre son el mismo fluido. Cuando aparezca Escorpión, piensa en el dominio del Señor como principio creador; cuando aparezca Virgo, en la regencia de las mujeres y Saturno es el secreto a voces de la procreación. Todo lo que es el hombre en pequeño, es el mundo en grande, todas las partes forman un todo coherente.

»Incluso las composiciones y uniones de estímulos químicos y mecánicos sobre y en el cuerpo animal-humano, debido a la mayor abundancia de fluido quílico, impresionan de tal modo nuestros sentidos en la voluptuosa unión de los cuerpos, que quedan en dulce inactividad, reducidos a la nada, todo el intelecto, toda la maldad y toda la virtud del decoro y del pudor, como si fueran totalmente innecesarios, como las ropas esparcidas. El cielo y la tierra se ponen en movimiento y la magnificencia y el poder de la creación semejan un día de fiesta, al que los sentidos y el espíritu rinden homenaje con intensa devoción.

»Pero, querida Lucilie, para tal palingenesia de la creación, para el disfrute de tal sensualidad, hace falta un alma sana y libre de conciencia y un cuerpo no profanado por ningún exceso, como evidentemente ya ha llegado a ser nuestro cuerpo terrestre y como llegará a ser por medio de las periódicas revoluciones. En los cuerpos inorgánicos domina la química de la naturaleza en la proporción en que la cultura abandona lo físico y se le hace comprensible al hombre sensual, vamos perdiendo los bienes del placer y en su lugar se establece únicamente nuestra vanidad.

»Desde que se puso de moda la peluca de cola, ya no hay más Hércules y el enorme bosque de rizos de la época de la bella Valière es una pura sátira de nuestros calvos caballeros de Bunsen[20].

Hasta aquí había contado la hermana Monika su historia y la de su amigo a las monjas allí reunidas, cuando se abrió de pronto la puerta del locutorio y la siempre rauda hermana portera entregó a la hermana Monika un carta muy gruesa, diciéndole que la habían entregado en mano.

Quinta parte

La abadesa explica a Monika algunos detalles de la historia del convento. Monika recibe una carta trascendental de Linchen, cuyo contenido sorprendió tanto a Monika, como agradará a nuestros lectores

Puesto que era mediodía, las monjas se dirigieron al refectorio y Monika dijo que a los postres leería lo que su amiga Linchen, antigua doncella de su madre, le escribía.

En cuanto terminó el *benedicite* en latín, que primero rezaba la abadesa, sola, y luego repetían todas juntas, observó aquélla que algunas hermanas todavía no pronunciaban el latín con la soltura necesaria, ni con la fuerza y la dignidad que le corresponde, como lengua de la Iglesia y además como lengua más pura que ni sisea ni nasaliza.

—El alemán sisea; el francés nasaliza —prosiguió—, el francés ni siquiera puede decir 'non', si se tapa la nariz.

—Respetable madre —la interrumpió Monika—, permitidme una pregunta: ¿Cuál es el origen de la palabra monja*?

—Os voy a decir lo que sé sobre esto —respondió la abadesa—. El primer convento femenino fue fundado por Santa Benita, una noble señora española, según la regla de San Fructuoso, en un lugar llamado None y al poco tiempo se habían reunido ochenta vírgenes religiosas en este convento.

—Entonces se podría pensar —Annunciata abrió sus labios de gracia—, que las monjas se llaman así porque toda perfección concluye con el número nueve y el siguiente, el cero, la tumba, debe ser la idea de la vida eterna, a la que Cristo, la eterna unidad, nos acompaña.

—Este es un pensamiento verdaderamente cristiano, querida hermana. He de confesar que, a pesar de todos mis conocimientos sobre temas espirituales, no se me había ocurrido.

—Sí, pero —terció una monja— estos granujas franceses pronto nos habrán echado a todas de aquí.

—A nosotras no —repuso la abadesa sonriendo—, ni el mago Simón, ni Merlín, ni aquel de Thionville se atreverán a tocarnos.

»Hace tiempo ya que quedó claro que los conventos son útiles, incluso los protestantes los mantienen.

»Todo el mundo, dice Hippel, conoce la importancia de la formación a tiempo del conocimiento y del corazón de la tierna juventud femenina. Cristianas que dan buen ejemplo, es-

* Juego de palabras entre la francesa *non* y las alemanas *Nonne* (monja), *neun* (nueve) y *Null* (cero o tumba) de pronunciación parecida. (N. del T.)

posas piadosas y madres razonables tienen realmente gran influencia en la felicidad de los matrimonios, en la paz y la tranquilidad de las familias, en su buena alimentación, en la buena instrucción y educación de los niños, en una palabra, en el bienestar de todo un Estado; estas honestas y virtuosas mujeres son educadas con gran esfuerzo y abnegación en las loables congregaciones llamadas de Nuestra Señora, en las escuelas de las Ursulinas y de las Señoritas Inglesas y luego son devueltas al mundo con la formación pertinente.

»Otras monjas, sin embargo, de otras órdenes que, conforme a sus instituciones, han escogido, con María, la mejor parte, es decir, la vida puramente contemplativa, que están a los pies del Señor y escuchan su divina palabra, o sea, que sólo se dedican a rezar y a la contemplación, al canto coral y a otras obras de la devoción; éstas disfrutan ya aquí del mundo mejor. Si no son útiles a la Iglesia, por lo menos la adornan y sus plegarias pueden ser escuchadas por todos aquéllos que no rezan, sino que viven como el ganado.

»Las almas virginales que aman a Dios son, por así decirlo, como las perlas y los granates en las alhajas de la novia espiritual de Cristo. *Collum tuum sicut monilia,* como dice la alta canción. Pero no dejemos enfriar la comida.

Cuando habían sido servidas las frutas y las pastas para el postre, Monika sacó la carta que guardaba en los pliegues pectorales y leyó lo siguiente:

«Querida Monika:

»El señor me ha hecho castigar duramente, pero para mi bien; ahora lo único que intento es vivir para agradar a El y a mi marido.

»El hermano Eligius, el que aquella vez te azotó tan despiadadamente, me dijo que estabas aquí y que ahora te llamas Monika. Me alegro de todo corazón de que, sana de cuerpo y alma, hayas huido de este mundo malvado y perverso, pues cuando una está enferma no encuentra reposo en ninguna parte. Haz que te azoten a menudo, arriba y abajo, esto será bueno, como dice Sirach, para tu ombligo. —(Las monjas se rieron haciendo señales de aprobación.)— Ahora soy baronesa, pero mi marido no es ningún explotador de campesinos, es la misma bondad. Cuando celebramos nuestra boda, dijo a los súbditos allí reunidos: "¿Sabéis lo que es el hombre y lo que debería ser?"

»"¡Sí, señor! Es malo y debería ser bueno."

»"No", dijo mi marido, "el hombre ya no tiene nada que ver con la naturaleza, sino con los modales. Es un rufián y debería ser un noble."

»En cuanto mi marido hubo dicho esto, se desnudó hasta la cintura ante la vista de los campesinos y las campesinas e hizo que nuestras dos criadas le azotasen hasta que fluyó la sangre. Los campesinos estaban estupefactos y no sabían qué decir y las muchachas se tapaban los ojos con las manos y sollozaban. Pero luego me tocó el turno a mí.

»"El corazón del hombre no sirve para nada" —entonces tuve que tumbarme sobre una mesa de piedra y mi marido me descubrió la parte inferior de mi cuerpo— "y los sentidos del hombre" —dijo y me azotó con un terrible látigo— "tampoco sirven para nada. Por esto: ¡Al amor por los azotes... Azotes para el amor!"

»Desde entonces cada témpora se hace azotar en la espalda por las dos criadas y yo he de dejarme azotar en el trasero, también cada témpora, por dos jóvenes campesinos, uno tras otro. ¡Ah, Monika, qué bueno es esto! Es mejor que te azote el látigo que las bajas pasiones. Mis dos criadas son tan sumisas, que se me ponen sobre el regazo cada vez que se lo digo y se dejan pegar por mi marido. El dolor del placer es más amargo que el placer del dolor y algo así debe haberse obrado en el alma de los santos y los mártires, para que haya tantos y tan grandes mártires que hayan podido aguantar imperturbablemente.

»Pero, querida Monika, he de empezar mi historia desde el momento en que tu madre nos separó, allí en Teschen. Ya sabrás que se hizo invisible, por esto no puedo contarte nada de ella, en cambio puedo contarte mucho de mí.

»Tu tía hizo que me condujeran a mi habitación y yo estaba precisamente ante el espejo y había comenzado a desabrocharme, cuando entró Gervasius.

»"Me voy a casa de mis hermanos, los jesuitas", comenzó diciéndome, mientras me miraba los pechos de reojo y tuve que esforzarme para evadirme de sus crecientes deseos. "¿No tiene ganas de ver las bonitas iglesias, Linchen?"

»"Sí que me gustaría", fue mi respuesta, "pero ya ve usted, padre, que todavía voy vestida de viaje."

»"¡Oh, tiene usted un aspecto tan encantador

como el de una virgen, señorita!", respondió Gervasius. "Y el polvo del coche, que pesa sobre esta encantadora faldita plisada y sobre este corsetito blanco como la nieve, que se lo lleven los céfiros, porque aquí no hay ningún cepillo, por lo que veo. ¡Venga usted!"

«Me tomó de la mano y yo le seguí mecánicamente, no sin un secreto espanto.

»Pasamos junto al conocido convento; un padre estaba junto a la puerta y nos saludó. Tenía una mirada afable que inspiraba confianza y atraía irresistiblemente y contrastaba raramente con la de Gervasius, retraída y centelleante.

»"¿Adónde va, hermano en Cristo?" le preguntó el viejo padre, cuando estábamos todavía a unos pasos de él y nos disponíamos a torcer.

»"¡Hola, padre Sylverius!" respondió Gervasius y me llevó hacia el anciano. "Voy a visitar a mis hermanos y esta señorita desea visitar su bonita iglesia."

»"¿Ya no se acuerda de mí, ni de las buenas copitas para reforzar el corazón, que tantas veces me ha aceptado gustoso? ¿Ni éstas le hacen recordarme?"

»Gervasius se rió, le dio la mano al anciano y dijo: "Esto significa *admonere amicum alicui rei,* ser amigo de un amigo, mientras lo permita la conciencia, ¿no es verdad, señorita que no hay nada más cierto en el mundo que un vasito de vino?".

»Yo sonreí y le dije al anciano que yo todavía no había aprendido ni tenido la ocasión de constatar que la amistad o el amor pudieran medirse por vasos de vino ni por otros objetos materiales, y que yo creía que el señor Gervasius sólo lo había querido entender así para jugar con un doble sentido.

»Los padres se rieron y Gervasius me tomó de la mano y dijo: "No, querida Linchen. Lo he querido entender totalmente en serio, venga, se lo voy a demostrar con pruebas".

»Yo titubeaba. "Oh, no va a tener usted miedo de entrar en mi altar, señorita", dijo el padre Sylverius, me tomó de la mano y me hizo entrar. "Les conduciré aquí al lado, con el hermano carpintero. Unos vasos de vino añejo de Hungría y alabarán los bienes del Señor."

»El padre Sylverius nos condujo realmente al taller del hermano carpintero, quien estaba pintando un ataúd.

»"*Rex trementis majestatis,* has entrado en nuestras cuatro paredes", exclamó muy serio el padre Sylverius. "Toma a aquél que está dispuesto a morir, perdona a aquél que ama la vida y considérate pecador sólo ante un vaso de vino. Escancia, Bernhard", siguió diciéndole al hermano carpintero y éste llenó tres vasos de vino tinto y nos los ofreció.

»Yo lo rehusé, pero el anciano le tomó el vaso que había dispuesto para mí y me lo entregó con una mirada a la que no supe resistirme.

»Los tres juntos apuramos los vasos de un tirón. Pero apenas acabé de tomármelo, no supe lo que me pasaba. Un espeso velo cubrió mi vista, caí de rodillas y apenas podía mantenerme sujeta al ataúd.

»"Está muerta... está muerta en vida", oí que decía el hermano carpintero y sentí que los otros dos me cogían y me colocaban en el ataúd.

»"¡Venga, abajo! ¡Criatura de los sentidos y del pecado!" me gritaba Gervasius junto al oído.

»"¡Eres una muerta en vida!" Lo oía como si estuviera a una gran distancia; por el contrario, mi sensibilidad estaba aún más viva y sentía cómo me levantaban las faldas y la camisa y me descubrían el trasero... sentía cómo iba cayendo cada vez más profundo y luego, cómo se posaba un aire fresco y húmedo sobre mi desnuda carne.

»Pero ya no sé nada más. Perdí el conocimiento, para volver a aparecer ante mí, en sueños, como muerta en vida.

»Fue como si apareciera en el Teatro de Munich —donde en cierta ocasión presencié algunas representaciones y disfruté en mi fantasía de algunos bellos actores— representando el papel de la Novia de Messina, con don César y don Manuel en el escenario. La escena representaba una cárcel subterránea. Don César y don Manuel iban vestidos de dominicos y yo de monja de la orden del císter. Me habían echado hacia atrás el velo y me habían descubierto totalmente los pechos.

»Don César me conducía al proscenio, yo veía todo el teatro lleno a rebosar. El declamaba:

> "¡Pues bien, perra[21] descarada!
> Otros encantos deberás mostrarnos ahora
> Y el cuento de las fuerzas del destino...
> Con el látigo educaré tu humanidad así."

»Don Manuel me tomó en sus brazos y don César tuvo la desvergüenza de descubrirme hasta el ombligo delante de toda la gente, separar mis muslos y robarme con violencia lo que incluso tu padre, querida Monika, tan noblemente supo respetar.

»Yo sentí que su miembro penetraba, que mi sangre fluía por mis muslos, sentí —¿debo negarlo?— un placer inenarrable.

«Pero si crees que en medio de este placer desperté, te equivocas.

»Cuando don César hubo sacado su miembro de mi seno, rígido todavía y más poderoso que antes, y don Manuel me hubo cubierto tras los frenéticos aplausos de los espectadores, don César me cogió y dijo:

> "¡Pues bien, puta!
> Líbranos de los lazos
> de la vil carne...
> Abre la cárcel de nuestro espíritu."

Los dos me condujeron ante una gran puerta de hierro. Don César me levantó las faldas y la camisa, asió a la vez con mi camisa el monumental cerrojo de la puerta de hierro y —tras ordenarme que me pusiera de rodillas y relajara mi trasero— don Manuel me lo azotó con una vara de abedul tan atrozmente que mi sangre volvió a fluir por segunda vez, peor que aquélla de San Genaro. Yo gritaba y los espectadores declamaban *a gara,* primero a la derecha:

> "Lo que es justo para una parte, es conveniente para
> [la otra.
> Una perversa especie va pasando por la vida,
> Que el hermano a la hermana no la... cepille[22]."

Luego a la izquierda:

“Lo que es justo para una parte, es conveniente
[para la otra.
Uno es servido, el otro es criado,
El señor no está siempre en casa.”

»Con la última estrofa caía el telón, rechinando se abrían las dos hojas de la puerta de hierro y en sueños me dormí con aquel pensamiento de Sirach: “El castigo público es mejor que el amor oculto”, y sobre mí resonaba: “En la resurrección no pedirá ni será pedida en matrimonio”.

»Pero yo no debía dormirme en sueños. Fue como si me despertara en el ataúd; con un crucifijo en la mano me incorporé y me vi en el templo de la Dya-Na-Sore. A pesar de que se desprecie al Estado, se le encuentra en todas partes como una máquina pensante, organizado, acuciado, traído de aquí para allá, en ninguna parte la autoridad del Yo, en todas partes la violencia del Ser... animalizado, feliz[23].»

«¡Querida Malchen! Ayer tuve que interrumpir repentinamente lo que te estaba contando de las lejanas pero importantes decisiones y enseñanzas de mi buen Jerom. Imagínate, tu madre, Louise condesa de H. está aquí conmigo. ¿Condesa de H.?

»¡Sí! ¡Sí! El conde de H. la conoció en el balneario de Baden, en Suiza, de la manera más original del mundo. Pero antes has de saber que tu padre y Beauvois se traspasaron mútuamente con sus espadas. Beauvois porque, siendo un cristiano más papista que el Papa, tenía que verse convertido en un vil judío, y tu padre porque lo verdadero y justo en él dominaba por encima de lo bueno y bello de tu madre y la cuádruple raíz de Schopenhauer, su perdición, debía acabar trágicamente.

»"En la época de la fantasía no hay nadie que esté en su lugar", solía decir el conde de H. cada vez que se comentaba que alguien había hecho algo irrazonable. O sea, que considera a todos los hombres en cierto modo como fantásticos, y la grupa, que en ella encontró, la considera doblemente fértil, y como consecuencia se siente doblemente obligado a amarla. Voy a ser breve, tu madre ya te lo contará ella misma: Un día el conde probaba un caballo blanco isabelino y, como tiene una figura gigantesca, montó de un salto desde el suelo a la dura grupa del magnífico animal. Todos aplaudieron. Louise, que estaba presente y cuya belleza y elegante vestido de baño habían atraído todas las miradas, le dijo al conde sin rodeos que montaría en su caballo blanco de una manera que ni Pentesilea ni Tomiris[24] se hubieran imaginado. Y cumplió lo prometido: cuando el conde hubo bajado, se levantó las faldas hasta la cintura y saltó con los muslos separados y con tal rapidez, desde detrás, sobre el animal medio salvaje, que un Chiarini no lo hubiera hecho mejor.

»Desde ese instante el conde de H. se convirtió en su rendido admirador y cuando llegó a Baden la noticia, junto con "Leontine" del señor von Kotzebue, de que su marido y Beauvois se habían quitado la vida arbitrariamente, ella encontró la compañía del conde doblemente interesante.

»Entretanto el médico del conde le había escrito aconsejándole que cambiase el balneario de Piemont por el de Baden y el conde, que desde que había padecido la viruela y había desflorado por primera vez a su doncella no sabía muy bien si debía hablar de salud o de enfermedad, siguió a pies juntillas el consejo de su médico mentor.

»Tu madre le siguió y en Piemont se le abrió un nuevo escenario. Tú ya conoces los invencibles encantos de tu madre, querida Monika, y aún te sorprenderás cuando la veas. ¡Basta! Todo Piemont, propios y extraños, quedaron locamente prendados de ella. Cuando aparecía por el paseo y levantaba su ligero vestido, dejando que las gentes vieran sus magníficas pantorrillas e incluso las ligas o la rodilla desnuda y la camisita inmaculadamente blanca, todos miraban extasiados y con dulces sentimientos y nadie se acordaba de que estaba enfermo.

»Cuatro estudiantes llegaron incluso a prestar juramento de poseerla y disfrutarla o morir y la divina casualidad pareció favorecer su malvado propósito.

»El conde de H., un solterón de cuarenta y nueve años y repentinamente apoplético, pensando en todos sus pecados de juventud, le legó el señorío de Flammerbach como residencia de viuda y 30.000 florines anuales de beneficio, se casó con ella y expiró en el regazo de Louise antes de que el segundo ataque le pudiera recordar la muerte.

»Para Louise fue un duro golpe, ya conoces su corazón sensible. Piemont se convirtió en un lugar odiado y las serviles adulaciones de sus amantes le repugnaban.

»Hizo su equipaje, abandonó secretamente Piemont y se dirigió hacia sus propiedades.

»A mitad del camino están las mías. Un pequeño bosquecillo de abedules adornado con unos prados románticos y unas hayas del tipo Gessner separa el señorío de Lebensziel de la villa...

»Los cuatro estudiantes, de los que te acabo de escribir y que estudiaban en distintas facultades, la seguían de estación en estación. Te cuento lo que me explicó ella y cómo la encontré entre estos hijos de las Musas.

»Paulini, un estudiante de medicina en Jena, Hildebrand, de teología en Marburg, Beck, de derecho en Göttingen y Budäus, de filosofía en Halle, eran los conjurados.

»Paulini llevaba una pistola, Beck un puñal, Hildebrand una alabarda de cosaco y Budäus una trompeta.

»Estos cuatro caballeros de las facultades tenían un sastre gascón como criado, al que llamaban Jean de Paris y que tocaba el violín; imagínate, querida Malchen, el cortejo que formaban estos locos atravesando nuestra respetable Alemania.

»Louise iba sólo con una doncella del conde. El cochero era de alquiler y una buena pieza.

»Yo no sé cómo estaba, el día en que tenía que volver a ver a tu madre, querida Monika. No podía quedarme en casa, mi marido estaba ocupado fuera y salí a caminar por los campos pisando tréboles y cáñamo, y mi alma no se tranquilizó hasta llegar al bosquecillo de abedules.

»No puedes imaginarte lo que vi en este bosquecillo.

»Apenas hube llegado, corrió hacia mí una mujer a la que el espanto le había privado el habla. Se me echó a los brazos y me susurró de forma casi imperceptibe y sin aliento: "Por el amor de Dios... ayúdeme... Venga a ayudar a la condesa... Cuatro... cuatro están encima de ella."

«Y diciendo esto me llevó con tanta precipitación por arbustos y matorrales, que mis vestidos se desgarraron y los espinos me atravesaban las medias.

»Poco más allá nos encontramos en un agradable claro del bosque, dentro de mis dominios, de belleza parecida a aquél en el que se recreaban las almas plumadas de Platón, entre las que no puedo contar mis gallinas y mis gansos.

»¡Cielos, lo que vi! Te lo voy a contar tal como me lo explicó tu madre.

»En el centro del claro se había detenido el coche de la condesa. El cochero estaba tumbado junto a los caballos. La doncella estaba a mi lado y me mostraba la más sorprendente escena.

»Louise estaba tumbada junto a la portezuela del coche, el maldito Juan de Paris estaba sentado en él y le mantenía los pies en alto y entre ellos aguantaba su violín y tocaba *La Fideltá* de Kanne.

»Las faldas y la camisa de Louise, caídas del ebúrneo trasero, descubrían todos sus secretos encantos.

»El maldito Hildebrand había clavado su alabarda de cosaco en la tierra, atravesando las faldas y la camisa de Louise y declamaba: *"Nous jouissons, et s'il plaît au Seigneur, nôtre posterité la plus reculée jouira la prosperité de la sainte liberté qui nous est échue en partage".*

»Junto a él, de rodillas, Budäus tocaba a la trompeta *Tres caballeros salieron cabalgando por la puerta,* apuntando con su instrumento como si las notas tuvieran que penetrarla, y declamaba con rabia, cuando apartaba los labios de la trompeta:

»"La mayoría de los hombres, dice el abad Mably, no son felices, porque son suficientemente tontos para no despreciar la felicidad que les ofrece la naturaleza (*id est*: ¡la puta desnuda!) en su camino y prefieren perseguir las quimeras de sus pasiones."

»Beck le había descubierto los pechos y se los besaba con labios babeantes y, manteniendo el puñal junto a su amedrentado corazón, gritaba:

Suum cuique!
Omne tulit punktum!
Dictum et factum!

»Paulini, en cambio, con la pistola en la mano, le separó los muslos y en silencio supo complacerse con ella de tal manera, que comprendí muy bien que no conseguiría nada intentando hacer prevalecer otro tipo de humanidad.

»Como posteriormente me contó Louise, Hildebrand y Budäus, primero, y Paulini y Beck, después, mantuvieron sendos duelos. Paulini arrebató con su pistola descargada el puñal a Beck y lo hizo con tal elegancia, superior a la que había tenido Budäus con su trompeta para alcanzar la maldita alabarda de cosaco que casi, como Idomeneo había ensartado a Ares, casi le atravesó la mano, por lo que le concedieron por unanimidad el derecho de disfrutar el primero los encantos de Louise.

»Cuando Paulini hubo satisfecho su placer, les tocó el turno a los otros tres y cuando éstos también estuvieron satisfechos y Jean de Paris tuvo que dejar caer lo que tenía entre manos, nos pareció que había llegado el momento de acudir en ayuda de la desgraciada.

»Entonces nos pusimos a gritar desaforadamente: "¡Socorro! ¡Socorro!". Pero los cinco malvados montaron velozmente en sus caballos y desaparecieron y tu madre, querida Malchen, despertó en los brazos de su vieja amiga.»

Notas del autor

1. Horodes, rey de Parta, venció a Craso e hizo derramar en su boca plomo fundido.

2. Mme. Chadelüze parodia aquí un poema de Voltaire.

3. La más fea de las Furias.

4. El mito de Meleagro, reducido a cenizas, es bien conocido.

5. Bajo Polimnestor, rey de Arcadia, los espartas, que vivían en desacuerdo con los arcadios, intentaron un nuevo ataque al país de los tegeos. Pero fue tan mal que después de cierto tiempo, cuando la batalla quedó indecisa, acabaron por ser vencidos por las mujeres arcadias, entre las cuales se distinguió particularmente la viuda Marpessa. Los espartas cayeron prisioneros así como el rey Carelao, sobrino de Licurgo, y se desencadenó con las mismas ataduras que habían traído para hacer prisioneros a los arcadios. Las armaduras de Carelao y de Marpessa fueron colgadas en el templo de Minerva.

6. Luis XI, bajo la influencia y en virtud de las intrigas de quien Francia y Alemania fueron desmembradas pedazo a pedazo y unidas a la Corona, había entregado a Anne de Beaujeu el cuidado de gobernar; consiguió, entre otras cosas, el matrimonio de Carlos VIII, sucesor de Luis, con Ana de Bretaña, ya comprometida con Maximiliano, hijo y sucesor de Carlos V, quien se opuso en vano a esta regencia de pacotilla. El rey Carlos VIII asedió Rennes, residencia de Ana de Bretaña, y se llevó la novia a París. Así se cumple el proverbio: «*Quiconque a de la chance / Emmène chez lui la fiancée*» («El que tiene suerte / se lleva la novia») cuya sutileza no deja de ser equívoca. Ana de Bretaña pasó a ser reina de Francia; María de Borgoña, emperatriz.

7. Lo cual prueba, dice Agrippa de Nettesheim, que la mayor limpieza de la mujer radica en que ésta, después de lavarse, no enturbie el agua en la que se aclara, mientras que el hombre siempre deja en ella nuevas impurezas.

8. Arrive, ninfa de Diana, tan bella como casta, fue violada en el templo, al pie del altar, por Tmolo, rey de Lidia. Incapaz de sobrevivir a su vergüenza, se ahorcó. Podemos juzgar el modo en que él lo hizo según un grabado en cobre que ilustra el libro *Memorias de Saturnino*, t. I (célebre obra erótica aparecida en 1748). Es poco probable que el encuentro de Arrive con Conrad de Bosen en los Campos Eliseos, o el de la Dorotea de Voltaire, en pantalón, con un capuchino, sea nunca lleno de amabilidad.

9. Janthe, esposa de Iphis, había sido transformada por Isis en un hermoso joven.

10. Eduardo III, en el año 1350, cuando hubo retirado la jarretera de la condesa de Salisbury, fundó la célebre orden de los caballeros de la jarretera.

11. «Entonces corrió mi sangre real.» *Don Carlos*, de Schiller.

12. Véase a Schulz sobre París y los parisinos. (Se refiere a *Über Paris und die Parisier*, Berlín, 1791.)

13. Meinecke, acomodándose en eso al modo de los rabinos y los mufti, lo cortó.

14. *Clementine*: tragedia francesa muy apreciada por Wieland.

15. Palabras de nuestro Goethe.

16. La siniesta descripción del Tártaro en el *Telémaco* de Fénelon, este espanto para grandes y pequeños, ese terror dc los bribones y malvados tiene su lugar aquí, a partir de: *Télémaque, secrètement animé par Minerve, entre sans crainte dans ce gouffre...* » y « *ces hommes qui avaient abusé de la vertu...*», hasta « *...et parmi toutes les ingratitudes, celle qui fut punie comme la plus noire, c'est celle qui se commit envers les dieux* ». Todos estos vicios y todos estos crímenes descritos por Fénelon bien mercen ser desentrañados. ¿Pero qué sería del mundo si la voluptuosidad de los sentidos debiera al fin ceder su lugar a las ambiciones del espíritu y del corazón? ¿Si alguna hostia consagrada y reservada, envenenada, fuera presentada al propio emperador y pudiera otorgar a la historia del mundo una orientación de carácter más elevado que el del paraíso terrestre que se oculta bajo la falda y la blusa le-

vantadas de la bella la Vallière? Es aún únicamente la voluptuosidad la que hoy en día fuera el avance de los crímenes del espíritu del corazón. ¡Unicamente ella! Y sería excelente política para un Estado, en lugar de encerrar las cabezas agitadas en los corazones inquietos, el dejarlos prisioneros de la sensualidad hasta que hubieran aprendido a conocer el bien supremo de la existencia... El amplio manto de un *pontifex maximus* se despliega con insistencia sobre todas las miserias humanas, tanto las de los sentidos como las de las costumbres; pero sabría, podría ocultarlas con una conciencia aún más pura si los anales de la Historia Universal no hubieran trazado claramente sobre él la palabra del ministro Walpole. «Basta con anegar mitad de Europa para asegurar la felicidad de la otra», o: «Hay que anegar un hemisferio para poder quemar el otro». Por todas partes los extremos se tocan: ¡que el hombre, como el espíritu, busque el descanso en su unión! Si, por ejemplo, la voluptuosidad y la castidad van tan mal juntos es únicamente porque no somos capaces de levantar, ante los ojos de todos, la falda y la camisa de una joven hermosa con la misma decencia que ponemos en romper los velos que envuelven su alma noble y en saborear sin reservas las delicias de sus atractivos metafísicos.

17. Walter, contemporáneo de Bahrdt, enuncia, en su *Tratado sobre la educación en cuanto objeto de la política*, ¡que la felicidad es la multiplicación de nuestras sensaciones agradables! Por lo tanto, esta multiplicación sería, como toda *suma bona*, asunto de la educación, objeto de una ciencia de la felicidad. Pero ¿se ocupa de ello la educación, por ejemplo en las clases superiores? ¿Allí donde ninguna necesidad de ganarse la vida impide, al filo de la existencia, obtener una prolongación hasta la eternidad? ¿Y qué decir de lo que ocurre en las clases populares? ¡Vaya horrible barbarie! ¿No es acaso sorprendente ver hasta qué punto la educación le hace el juego al Estado y éste a la humanidad? La Iglesia debe formar la Escuela, la Escuela al Hombre, los hombres al Estado y el Estado al gobierno.

Veamos, tú legislador que has hojeado y anotado tu edición de Montesquieu, ¡ordena pues al fabricante de cola que cuezca pan; al ceramista que fabrique con arcilla vasos de oro; al hombre rústico que reconozca a Dios, como lo hicieron David y Job! Se burlarán de ti y entonces sabrás que legislar no sirve de nada. Formar a hombres o a monstruos ha sido hasta aquí asunto del destino. Desde el diluvio la educación debería haber tenido por principal tarea formar a unos y aniquilar a otros. El carácter primitivo de las leyes, y el de la naturaleza, son los principales abogados de los crímenes contra la naturaleza y contra la ley. Allí donde falta toda sensibilidad de lo que está bien, allí donde no se la ha suscitado ni formado, en vano se indignará la ley, en vano amenazará el castigo: el uno y el otro, según el buen sentido y el derecho, son procedimientos dignos de cualquier libro mágico para uso de Fausto.

N.º 74
Extractus decreti
de la Cancillería áulica
de S.A.S. el Gran Duque de Hohenlohe-Schilling,
el 6 de junio de 1747

«Hans Goerg Bort y Maria Catharina Laydigin de Obern Soelbach, qe cometiron juntos el pecado de la carne [¿magnífico!, ningún remedio ha sido aún encontrado que pueda curar los pecados morales de todo el continente europeo; ¡la muerte misma se empeñaría en vano en ello!] deben inmediatamente consumar el matrimonio al que se han comprometido y que han aprobado ya sus padres, entregarse a la copulación efectiva y someterse a la vez a la habitual penitencia impuesta por la Iglesia (¡ja, ja!, con camisón!), aunque *in favorem matrimonii*, sin que aparezca públicamente.

Waldenburg, 30 de junio de 1747»

Mor mortis est in pecatore misero! ¡El amor muere en los pecados!

Estas son las bobadas que inquietan la legislación mientras el hombre no sabe aún si camina sobre dos o cuatro patas. ¿No es más bien aquello consecuencia de esto, y no debería la ley estipular que, como castigo a todo delito criminal *in conclusum senatus*, uno de los miembros del Tribunal Supremo sea decapitado, o, si trata de un *peccatum* menor, descerebrado?

El domingo 30 de mayo se estrena *La seducción o la prueba de la virtud* del actor y director de teatro vienés Wilhelm Vogel. ¡Ay, ay! Más valdría aún... leer *Teresa filósofa* y rendir calurosamente homenaje a una joven honrada... ¡Con cuánta exquisitez expresan por ejemplo su amor el Hurón de Voltaire o el hombre de la naturaleza de Lafontaine! ¡Y con cuánta bajeza y poca dignidad lo hace Saint-Pouange, ese otro personaje de Voltaire! Aquéllos, hijos de la naturaleza, son llevados por el amor; pero ese otro miserable pedazo de andrajo, acostumbrado a pensar mal de los demás, a actuar como un egoísta, tenía fatalmente que rebajar incluso la virtud a una simple quimera, con el fin de gozar de lo que... no es la virtud y condenarlo a su perdición. Pero ¡malditos sean él y sus semejantes, que prefieren ignorar lo que es el amor!

Pero volvamos a los hechos. La política francesa sabe muy bien, ella también, que en materia de fe es con frecuencia necesario desplazar los límites de lo que está bien y de lo que está mal, si se quiere... pescar en aguas turbias. En cuanto a nosotros, contentémosnos con admitir los hechos. Así es cómo las ideas originales de Robert Wood acerca de la originalidad del genio de Homero proclaman: «... que es necesario domar a los hombres antes de educarles». Pero ¿cómo lo hicieron en la Antigüedad? ¿Y cómo lo hacen en los tiempos modernos? «Todas las instituciones burguesas o religiosas han sido vertidas en versos o en melodías», nos dice Wood, «y curas y legisladoras eran músicos y poetas». «Así fue», prosigue en su calidad de renovador de la bárbara constitución burguesa que he descrito más arriba, «porque, para civilizar a las gentes, se dirigían más a sus pasiones que a su razón». Pero ¡por Dios! ¿Qué tenía que ver la razón allí donde no puede acceder ni el más mínimo sentido de lo que es justo y bien? ¿Allí donde la exquisitez espiritual no es sino razonamiento y se convierte en libertad desenfranada para interpretar las leyes? En lo que se refiere a los esclavos, se comprueba sin duda hoy en día que los hombres, tal como nos dice Robert Wood, «deben ser domados antes que educados». Uno se pregunta únicamente cuántas generaciones poco a poco, se entiende —habría aún que domar para poder— una vez más, poco a poco —educar a las siguientes. Ningún legislador desde Moisés, ni siquiera Maquiavelo, ha tenido aún la justa noción de nuestros deberes o de nuestras libertades. Moisés tiranizaba a su pueblo para mantenerlo a raya con el fin de que no se entregara a extravíos que la ley hacía diez veces más graves de lo que podían ser en sí mismos. Lorenzo, duque de Urbino, según nos cuenta Sismondi, consideraba su perfidia una profunda inteligencia y su crueldad, fuerza. Y Maquiavelo, quien odiaba a los hombres porque todos le parecían hechos de sentimientos interesados y egoístas, convirtió a su tirano, bajo los rasgos de su príncipe, en un perfecto demonio de egoísmo. Además, ¿quién demostrará jamás a los Grandes —a menos que no sean excepciones en su época— que deben ser hombres y someterse a una ley moral? Bauer quizás, si nos atenemos al *Diario literario de Lepzig*, pues escribe en su manual histórico: «Aunque el emperador Lotario I se haya revelado culpable de muchos crímenes para satisfacer su delirio de poder, su gobierno permaneció ineficaz». Si dejamos a los Grandes y a los Poderosos la libertad de hacer lo que les place, la ley seguirá eternamente al servicio de la injusticia, y los hombres libres siempre serán esclavos del más miserable de los despotismos.

Hubo un tiempo —la edad de razón— en que los Grandes de este mundo, monstruos y aventureros de las virtudes y de los vicios, estaban internados en asilos para alienados. Cuando alguien quería divertirse en un modo no razonable —¡la eterna razón es tan aburrida!—, sacaban de sus celdas a esos locos insensatos, a esos locos furiosos, y se los entregaba a la gran distracción y el gran horror de la multitud de seres razonables. Interpretaban entonces tragicomedias, obras y farsas tan edificantes que toda la multitud razonable perdía la razón, y también el aliento que la estupefacción les había hecho retener. Así fue cómo la fracción razonable de la tierra quedó bajo el yugo. ¡Más aún! No sólo una tiranía social y burguesa, consolidada por leyes y tratados, violenta la naturaleza humana, sino que existe también una tiranía secreta que invade todas las cosas aquí, en la tierra, desgranando todo lo que, en el túnel cruel de la vida —la que hemos padecido y la que nos hemos hecho nosotros mismos—, no llenó ni mancilló nuestras manos, esa tiranía de jueces, de sabios, de censores oscuros que desearían todos que el *homo sum* sea reemplazado por un *monstrum horrendum*. Sirven al vicio para satisfacer su insaciable apetitio de poder; se convierten en héroes de la virtud para poder entregarse secretamente a sus placeres; parecen lobos sanguinarios disfrazados de ovejas. Su gran talento resplandece con mil destellos desde el sol hasta el cénit, pero su corazón no es sino oscuridad, repelente oscuridad, como un cielo de medianoche sin estrellas. Lo saben todo, pero ignoran el amor. ¿La resonancia del bronce? No, no son sino cascabeles que tintinean. Esos falsos dioses devorados por ardores han reducido ya a cenizas a muchos espíritus bondadosos, a muchos corazones honrados; han descarriado a muchos cerebros que se interrogaban acerca de las voluntades del cielo. ¡En fin, recibieron su recompensa!

Fontanes, *Senador*,
hijo preferido de Licurgo

18. Es incluso de este modo genial como Münchhausen pudo recuperar su hacha caída de la luna.

19. «No me es indiferente, querida esposa, que tu cocina sea mejor y más frecuentemente lavada que tu trasero, o, más bien, parafraseando a Geissler en sus *Archivos de los principales conocimientos de la mujer*, que tu entalladura cular; ni que tu *boudoir* esté más aseado que tu «fosa», como decía una francesa a cuyo pudor ofendía la honrada palabra «coño». ¡Mujer... cerda infame!, podría decirse de muchas de ellas; ¡pero no vayas a creer que estas dos palabras, mujer y cerda infame, vayan tan bien apareadas como... Federico y Silesia! Por desgracia se muy bien de dónde viene esa sórdida situación en el matrimonio: el hombre no le escatima nada a la mujer; no sabe tratarla física ni moralmente con amor; ésta es la razón por la que disminuyen la estima y el esmero que manifiesta la mujer hacia sí misma. Hay otras mujeres que son como ese porquero, el papa Sixto Quinto, quien no se inclinó sino el tiempo exacto para recoger las llaves, pero hizo lo que quiso una vez que las hubo encontrado.»

Fin de los versículos de 1° y
último de febrero
Maestros Job y Jacobo

20. Pero esta palabra «Bunsen» también designa en ciertas regiones alemanas la vulva de la mujer: los niños Hindu-Bunz son hijos de la Luna y los Suzage-Bunz, los del Sol. (Herder, *Adrastea*).

21. Así es como Juno llama a Artemis en Homero.

22. El doctor Pandgloss, en el *Cándido* de Voltaire, sabe aún mejor de qué va el asunto.

23. *Anima humana non est immortalis per suam essentiam. — Anima humana est sua natura immortalis. — Anima etiam separata a corpore cogitare potest. — Nulla vis creata existere potest, quo minus mens existat, mens existere sine essentialibus nequit : at inter essentialia animae*

est vis confuse aeque ac distincte cogitandi, ergo fieri nequit, ut hac vi mens nostra per vires hujus universi destituatur. — Sic canis, si ei flagellum ostendas, quo semel aut iterum vapulavit, mox fuga et calmore prodit denuo in se reproductas esse pristinas verberum ideas; cumque dominum post longam absentiam tandem domum redeuntem cernit, varüs laetitiae signis resuscitatis in se pristinorum beneficiorum ideas conscientiasque palam facit, etc., etc., etc. Bruta ergo facultate cogitandi et cognoscendi gaudent. — Bruta vi imaginandi praedita sunt..., etc., etc., etc., etc. Así es cómo los teólogos católicos decidieron que debían ser el hombre y la bestia... «Vale más buena bestia que hombre malo», acostumbraba a decir el Padre Jerónimo; «Si no puedes ser un hombre, se una bestia...» aconsejaba a sus amigos Agustini Niphi en *De amore liber*, 1641.

24. Pentesilea era hija de Marte y la reina de las amazonas; Aquiles la mató; y Tomiris, reina de los escitas, mató a Ciro.

La sonrisa vertical

SV-1. La insólita y gloriosa hazaña del Cipote de Archidona
Edición de Camilo José Cela

2. Memorias de una cantante alemana
Wilhelmine Shroeder-Devrient

3. La imagen
Jean de Berg

4. Gamiani
Alfred de Musset

5. Grushenka
Anónimo

6. A los pies de Omphalos
Henri Raynal

7. Las tres hijas de su madre
Pierre Louÿs

8. Mi vida secreta I
Anónimo

9. Mi vida secreta II
Anónimo

10. Historia del ojo
Georges Bataille

11. Diálogos de cortesanas seguido de Manual de urbanidad para jovencitas
Pierre Louÿs

12. El inglés descrito en un castillo cerrado
A. P. de Mandiargues

13. La educación sentimental de la señorita Sonia
Susana Constante

14. Diario de burdel
Josep Lluís Seguí

14. Diari de bordell (edición catalana)
Josep Lluís Seguí

15. Señorita Tacones Altos
Anónimo

16. Irene
Albert de Routisie

17. Venus en India
Charles Devereaux

18. La pequeña María
Sylvain Saulnier

19. Mi madre
Georges Bataille

20. Los amores prohibidos
Leopoldo Azancot

21. Diez manzanitas tiene el manzano
«Ofèlia Dracs»

21. Deu pometes té el pomer (edición catalana)
«Ofèlia Dracs»

22. Mater amantíssima
José Jara

23. Cruel Zelanda
Anónimo

24. Amor burgués
Vicente Muñoz Puelles

25. Madame Edwarda seguido de El muerto
Georges Bataille

26. Anacaona
Vicente Muñoz Puelles

27/1. Mi vida y mis amores I
Frank Harris

27/2. Mi vida y mis amores II
Frank Harris

27/3. Mi vida y mis amores III
Frank Harris

27/4. Mi vida y mis amores IV
Frank Harris

28. La bestia rosa
Francisco Umbral

29. Fritzcollage
Pedro Sempere

30. Nueve semanas y media
Elizabeth McNeill

31. Amor & Tarot
Esteban López

32. Ella o el sueño de nadie
Mauricio Wacquez

33. Beacul
S. G. Clo'zen (seudónimo)

34. El hombre sentado en el pasillo
Marguerite Duras

35. Historia de O
Pauline Réage

36. Duende nocturno
Arnauld Delacompté

37. Tres días/Tres noches
Pablo Casado

38. Opus pistorum
Henry Miller

39. Cuentos inenarrables
Aldo Coca

40. El mal de la muerte
Marguerite Duras

41. El último goliardo
Antonio Gómez Rufo

42. Emmanuelle
Emmanuelle Arsan

43. Las cartas de Saguia-el-Hamra, Tánger
Vicente García Cervera

44. El azul del cielo
Georges Bataille

45. El matarife
Rafael Arjona

46. Sor Monika
E.T.A. Hoffmann

47. Ligeros libertinajes sabáticos
Mercedes Abad

48. La nina russa (edición catalana)
Anna Arumí i Bracons

49. El pecador impecable
Manuel Hidalgo

50. Diario de un gran amador
Alberto Lattuada

51. Retorno a Roissy
Pauline Réage

52. Ceremonia de Mujeres
Jeanne de Berg